絕對合格 分類

考試分數大躍進
累積實力
百萬考生見證
應考秘訣

3

根據日本國際交流基金考試相關概要

日檢單字 測驗問題集 N3

吉松由美・田中陽子・西村惠子・
千田晴夫・山田社日檢題庫小組 ◎合著

山田社

前言
はじめに

宅在家，不出門，一樣自學考上 N3，
本書用，
情境分類，
打鐵趁熱，回想練習，
讓您記得快又牢！

★快又牢 1：「情境分類，單字速記 No.1」★

配合 N3 內容要求，情境包羅萬象，學習零疏漏，速記 No.1！

★快又牢 2：「想像使用場合，史上最聰明學習法」★

針對新制重視「活用在交流上」，從「單字→情境串連」，學習什麼話題，用什麼字，什麼時候使用，效果最驚人！

★快又牢 3：「打鐵趁熱，回想練習記憶法」★

背完後，打鐵趁熱緊跟著「回想練習」，以「背誦→測驗」的學習步驟，讓單字快速植入腦中！

★快又牢 4：「一次弄懂相近詞，類義詞記憶法」★

由一個主題，衍伸出好幾個相關的單字，比較彼此的關聯性及差異性，同時記住一整系列。

★快又牢 5：「記一個漢字，就可以記一串單字」★

以漢字為核心，認識一個漢字，就可以記住幾個相關連的單字。只要學一次，看到漢字就知道唸法，會唸就會用！

★快又牢 6：「查閱利器，50 音順金鑰索引」★

貼心設計 50 音順金鑰索引，隨查隨複習，發揮強大學習功能！

★快又牢 7：「利用光碟大量接觸單字，聽覺記憶法」★

新日檢強調能看更要能聽。利用光碟反覆聆聽，單字自然烙印腦海，再忙也不怕學不會！

本書五大特色：

◆清楚單字分類，完全掌握相近詞彙！

本書依使用情境分類單字，並配合 N3 考試內容，提供豐富的情境主題從政治經濟、日常生活到心理感情等等。讀者不僅能一目了然的快速掌握重點，相關單字串連在一起也能幫助加深記憶。並藉由比較相近詞彙的關聯及差異，保證一次弄懂，不再混淆。同時，不論是考題還是生活應用中都能啟動連鎖記憶，遇到分類主題立刻喚醒整串相關詞彙，給您強大的單字後援，累積豐厚實戰力。

◆讀完即測驗，自學必備的自我考驗！

本書的每個章節皆精心設計當回單字填空題，讓讀者可以趁著記憶猶新時做回憶練習，邊背邊練，記憶自然深植腦海！此外，每個句子都標上日文假名，做題目的同時，能延伸學習更多單字。且從前後句意推敲單字的題型，也有助於訓練閱讀能力。更能避免每日勤奮學習，卻不知是否真的學會了，藉由做題目檢視自己的學習成果，給您最踏實的學習成就感。

◆針對日檢題型，知己知彼絕對合格！

日檢 N3 單字共有 5 大題，而本書的題型主要針對第 3 大題，另外也可活用於單字第 4 及第 5 大題。為了將數個相近詞彙填入適當的例句中，必須要清楚理解單字的意義，並認識相似詞彙，同時還要有讀懂句意的閱讀能力。本書將會幫助您大量且反覆的訓練這三項技能，日檢單字自然就能迎刃而解。

◆從漢字掌握多種唸法，會唸就會用！

以表格統整出 N3 單字中，有一種或多種發音的漢字。由於漢字大多是表意文字，即使是有多種唸法，但只要知道漢字的意思及連帶關係，就可以掌握漢字。只要學一次，就可以活用於任何考試及生活場景上！

◆貼心 50 音排序索引，隨時化身萬用字典！

本書單字皆以 50 音順排序，並於書末附上單字索引表。每當遇到不會的單字或是突然想要查找，本書就像字典一樣查詢精準，且由於單字皆以情境編排，查一個單字還能一併複習相似辭彙。當單字變得輕鬆好找，學習也就更加省時、省力！

◆聽日文標準發音，養成日文語感、加深記憶！

所有單字皆由日籍教師親自配音，反覆聆聽單字便自然烙印在腦海，聽久了還能自然提升日文語感以及聽力。不只日檢合格，還能聽得懂、說得出口！且每篇只需半分鐘，讓您利用早晨、通勤、睡前等黃金時間，再忙也不怕學不會！

自學以及考前衝刺都適用，本書將會是您迅速又精準的考試軍師。充分閱讀、練習、反覆加深記憶，並確實擊破學習盲點，從此將單字變成您的得高分利器！迎戰日檢，絕對合格！

目錄

もくじ

N3 漢字

發音教室

漢字	發音	舉例	應用
与	あた（える）	与える／給，給予；授予；遭受	いい印象を与えます／給予好印象
両	りょう	両替／換錢	日本円に両替します／換成日幣
乗	じょう	乗車券／車票	乗車券を購入します／購買車票
	の（る）	乗る／搭乘；登上；參與（話題）	列車に乗ります／搭乘電車
	の（せる）	乗せる／裝載；參加；上當	パンにチーズを乗せます／將起司撒在麵包上
予	よ	予想／預想，預估	予想通りのストーリー／不出我預料的故事
争	そう	競争／競爭，競賽	価格競争／價格競爭
	あらそ（う）	争う／爭奪；奮鬥；爭辯	母親と息子の争う声／母親和兒子的爭吵聲
互	たが（い）	互い／雙方，彼此；雙方都一樣	お互い言葉が通じません／雙方的語言不通
亡	ぼう	死亡／死亡	死亡が確認されました／已確認死亡
	な（くなる）	亡くなる／過世	父は早くに亡くなりました／父親早逝
交	こう	交換／交換	意見を交換します／交換意見
	ま（ざる）	交ざる／混雜，交雜	新しいチームに交ざります／融入新團隊
	ま（じる）	交じる／混雜，交錯	白髪が交じります／白髮交織
他	ほか	他／別的；別處；除了…之外	白の他に、青と黄色があります／除了白色，也有藍色和黃色
付	つ（く）	付く／附著，沾附；附加；（能力）增長	襟の付いたシャツ／有領子的襯衫
	つ（ける）	付ける／開始（某些行為或動作）；安裝；配戴；寫下，記下	気を付けます／小心留意
件	けん	条件／條件；條款	労働条件／工作條件
任	にん	責任／責任	責任を取ります／負起責任
	まか（せる）	任せる／託付，交給；任憑	君に任せます／交給你了
伝	でん	伝言／傳話，帶口信	伝言をお願いします／請幫我傳話
	つた（える）	伝える／傳達，告訴；傳授；傳給；傳導	熱をよく伝えます／導熱性良好

漢字	發音	舉例	應用
似	に	似合う／適合，相襯	よく似合っています／很適合你
位	い	位／位（表順位、等級）	1位でゴールしました／以第一名的成績抵達終點
	くらい	位／王位；職位；地位	10の位／ 10 位數
余	あまり	余り／剩餘；餘數；太過…而…；（不）怎麼；很，過於	言い訳をあまり言いません／鮮少找藉口
例	れい	例外／例外	例外なく／沒有例外
	たとえば	例えば／例如，如果	例えば、明日世界が終わるなら／如果明天是世界末日
供	きょう	供給／供給，供應	食糧を供給します／提供糧食
	とも	子供／自己的子女；小孩子；動物的孩子；幼稚的	子供が生まれました／生了小寶寶
便	べん	不便／不方便	車がないと不便です／沒有車的話會很不方便
	びん	船便／船班；海運	船便で送ります／寄海運
係	けい	関係／（人與人或事物的）關係	人間関係／人際關係
信	しん	返信／回信	メールに返信します／回覆郵件
倒	とう（どう）	面倒／麻煩，棘手；照顧	面倒をみます／照顧
	たお（す）	倒す／推倒，放倒；推翻；擊敗；殺死	座席を倒します／放倒座位
	たお（れる）	倒れる／倒，倒場；垮台；破產；病倒；死亡	過労で倒れました／因過勞而病倒了
候	こう	兆候／徵兆	雨の兆候／快要下雨的預兆
値	ね	値段／價格	安い値段／平價
偉	えら（い）	偉い／偉大，了不起；地位高；事態嚴重；辛苦	偉い人／了不起的人
側	がわ	両側／兩邊，兩方面	道の両側／道路兩旁
偶	たま（に）	偶に／偶爾，有時候	偶に来ます／偶爾會來訪
備	び	準備／準備	心の準備／心理準備
働	はたら（く）	働く／工作；活動；有效果，起效用	工場で働いています／目前在工廠工作

漢字	發音	舉例	應用
優	ゆう	女優／女演員	女優の道は厳しいものです／成為女演員是一條艱辛的道路
	やさ（しい）	優しい／柔和，優美；溫柔，親切	地球に優しいです／環保
光	こう	観光／觀光，遊覽	観光客に人気です／受到觀光客喜愛
	ひか（る）	光る／發光；有光澤；出眾，卓越；監視	ダイヤの婚約指輪が光っています／結婚鑽戒閃耀著光澤
全	ぜん	安全／安全，沒有危險	市民の安全を守ります／保護市民的安全
	まった（く）	全く／完全，全然；真的，實在是	全く分かりません／完全不明白
共	きょう	共通／共同	共通の話題／共同話題
具	ぐ	家具／家具	家具を安く揃えます／便宜的備齊家具
内	ない	内容／內容，內容物	内容を読んでからサインします／詳閱內容後再簽名
	うち	内側／裡面，內側，內部	窓の内側の電気がついています／窗戶裡正亮著燈
冷	れい	冷蔵庫／冰箱	牛乳を冷蔵庫に入れます／將牛奶放進冰箱
	さ（ます）	冷ます／（物品或熱情）冷卻；潑冷水	お湯を冷ます／讓熱水冷卻
	さ（める）	冷める／變冷，變涼；（情感）冷卻	ご飯を冷めないうちに食べなさい／飯請趁熱吃
	つめ（たい）	冷たい／冰冷，冰涼；冷漠	冷たいコーヒーが飲みたいです／好想喝杯冰咖啡
	ひ（やす）	冷やす／冰鎮；使冷靜；使驚嚇	冷蔵庫にジュースを冷やしておきます／先把柳橙汁放進冰箱冰鎮
	ひ（える）	冷える／變冷，變涼；（情感）變冷淡	体が冷えます／身體冰冷
列	れつ	一列／一列，一排，一行	子どもたちが一列に並びました／小朋友們排成了一列
初	しょ	最初／最初，一開始	最初は嫌でした／一開始覺得很討厭
	はじ（めて）	初めて／第一次，最初，開始	初めて曲を作りました／第一次作了曲
判	はん	判断／判斷，辨別；占卜	常識で判断します／用常識判斷
	わか（る）	判る／判斷；理解，明白	調べたらすぐ判りました／稍加調查便了解了
利	り	有利／有利；情勢好	就職に有利な経験／對找工作有利的經驗

漢字	發音	舉例	應用
到	とう	到頭／終於，終究	到頭完成しました／終於完成了
制	せい	制服／制服	今の中学は決まった制服があります／目前就讀的中學規定要穿制服
刻	こく	時刻／時間，時刻；時機	約束の時刻／約定的時間
割	わり	割合／比例；相對比較…	男子生徒の割合が多いです／男同學的比例較高
	わ（る）	割る／打破；分，分隔；稀釋；除（除法）	リンゴを二つに割ります／把蘋果分成兩半
	わ（れる）	割れる／裂開，破碎；分裂；洩漏，暴露；除盡	窓ガラスが割れました／窗戶的玻璃碎裂
加	か	参加／參與，加入	参加費を払います／支付報名費
助	じょ	助手／助手，幫手；助教	忙しすぎるので、助手がほしいです／實在太忙了，真希望有個助手
	たす（かる）	助かる／得救，脱離危險；有幫助，輕鬆；節省（利器、時間、費用等）	多くの命が助かりました／救了許多條性命
	たす（ける）	助ける／幫助，援助；救，救助；輔佐；救濟，資源	捨て猫を助けました／救了一隻棄貓
努	ど	努力／努力	努力を続けます／持續努力
労	ろう	労働／勞動，工作，體力活	労働力不足／勞動力不足
務	む	公務員／公務員	大阪市の公務員／大阪市的公務員
勝	しょう	勝利／獲勝，勝利	勝利を収めます／贏得勝利
	か（つ）	勝つ／獲勝，贏；克服	明日の決勝は絶対に勝つぞ／明天的決勝一定要贏
勤	きん	通勤／上下班，通勤	自転車通勤しています／騎腳踏車通勤
	つと（める）	勤める／工作，任職；照顧；陪酒，作陪	大使館に勤めています／在大使館工作
化	か	化学／化學	化学の実験／化學實驗
	け	化粧／化妝；裝潢，裝飾	化粧をしなくでも綺麗です／不化妝也漂亮
単	たん	簡単／簡單，容易，簡便	簡単な問題／簡單的問題
危	き	危機／危機，危急的時刻	食糧危機が起こります／發生糧食危機
	あぶ（ない）	危ない／危險；不可靠；不穩固	深いところで泳ぐのは危ないです／在水深的地方游泳非常危險

漢字	發音	舉例	應用
原	げん	原因／原因	事故の原因を調べます／調查這起意外的起因
参	さん	参加／參與，加入	飲み会に参加します／參加酒席
	まい（る）	参る／去，來；參拜；認輸；吃不消	行って参ります／前往
反	はん	反省／反省，省思	深く反省しています／深深的反省著
収	しゅう	収入／收入，所得	収入を増やします／增加收入
	おさ（まる）	収まる／容納；（被）繳納；解決，結束；滿意，泰然自若；復原	食べ物が胃に収まります／食物被裝到胃裡
	おさ（める）	収める／接受；取得；收藏，收存；收集，集中；繳納；供應，賣給；結束	成功を収めます／獲得成功
取	と（り）	やり取り／交換，互換；敬酒；談論，爭論	メールのやり取りをします／用郵件往來
	と（る）	取る／拿，取，握；採取，處理；取得，得到；堅持（主張、立場）	金メダルを取りました／取得金牌
受	じゅ	受信／收（信、郵件、電波）	メールを受信します／接收郵件
	う（ける）	受ける／接受；承受；繼承；被接受，受歡迎；覺得好笑、有趣	試験を受けます／參加考試
可	か	可能／可能；可行	再生可能エネルギー／可再生能源
号	ごう	信号／信號，暗號；紅綠燈	信号が青になりました／紅綠燈變成綠燈了
合	ごう	合コン／聯誼	合コンに参加します／參加聯誼
	ごう	都合／方便與否；情況；機會，機緣	都合がいい女／隨傳隨到的女人
	あう	間に合う／有用；足夠，堪用；來得及	会議に間に合いません／來不及參加會議
向	む（く）	向く／朝向，面向；指向（某個方向）；（狀態）傾向；適合	前を向いて進みます／面向前方向前進
	む（かい）	向かい／面對面；正面；正對面	向かいのマンションに引っ越します／我要搬到對面的公寓
君	きみ	君／一國之君；主人，主公；您，君；你	君が羨ましいなあ／真是羨慕你啊
	くん	君／放於同輩、晚輩的名字後方，表示親近的稱呼	田中君は非常に優秀な学生です／田中君是位非常優秀的學生
否	ひ	否定／不承認，否定	提案を否定します／否決這提案
吸	す（う）	吸う／吸入（液體或氣體）；吸吮；吸收；吸引	タバコを吸います／抽菸

漢字	發音	舉例	應用
吹	ふ（く）	吹く／颳風；發芽；吹氣；鑄造	芽が吹きます／發芽
告	こく	広告／廣告	広告を出します／刊登廣告
呼	よ（ぶ）	呼ぶ／呼喊；呼叫（店員、醫生）；稱呼名字；招來，引起	医者を呼びます／請醫生過來
命	めい	命令／命令	上司の命令／上司的命令
	いのち	命／生命；生涯，一生；壽命；最重要的，命根子；命運	命を落とします／喪命
和	わ	平和／平靜；和平	世界平和を祈ります／祈願世界和平
商	しょう	商品／商品，貨品	新しい商品／新商品
喜	よろこ（ぶ）	喜ぶ／高興，歡喜；欣然接受，歡迎；由衷祝福、慶賀	喜ぶ顔／高興的臉
回	かい	回数券／回數票，一次用一張的票	回数券を１冊買いました／買了一本回數票
	まわ（る）	回る／轉，旋轉，迴轉；周遊；繞道；輪流；營運	博物館を回ります／遊覽博物館
因	いん	原因／原因	眠れない原因／睡不著的原因
困	こま（る）	困る／困擾，苦惱；難受，難過；窮困	困った時は助け合います／在遇到困難時互相幫助
園	えん	動物園／動物園	週末動物園に行く予定です／預計周末要去動物園
在	ざい	在学／在學，在上學	大学在学中／在上大學的時候
	あ（る）	在る／在，位於；處於，置身於（狀態）；持有，抱有	この学校は東京に在ります／這所學校位於東京
報	ほう	情報／情報，消息，訊息	健康に役立つ情報／對健康有益的資訊
増	ふ（やす）	増やす／（數或量）增加	パートを増やします／要找更多打工
	ふ（える）	増える／（數或量）增加	人数が増えています／人數正逐漸增加
声	こえ	声／（人、動物的）聲音、叫聲；（物的）聲響；意見，呼聲；神明的話	声が届きません／聲音傳遞不到
変	へん	変化／變動，變化	表情が変化しました／表情變了
	か（わる）	変わる／改變，變化；搬遷，移動；獨特，特殊，奇怪	すっかり様子が変わりました／樣子完全變了
	か（える）	変える／改變，變更，變動	新しいのに変えるべきです／應該要換新的了

漢字	發音	舉例	應用
夢	む	夢中／入迷，忘我；睡夢中	おしゃべりに夢中になりました／談話談到忘我了
	ゆめ	夢／（做）夢；空想，幻想；理想，夢想	夢を諦めますか／你要放棄夢想嗎
太	たい	太陽／太陽，日；希望	太陽が昇りました／太陽升起
	ふと（る）	太る／變胖，發福；發財	食べすぎて太りました／暴飲暴食而發胖了
夫	ふう	夫婦／夫婦，夫妻	理想の夫婦／理想的夫妻
	ぶ	丈夫／健康，健壯；堅固，結實	丈夫な靴／耐穿的鞋子
	おっと	夫／丈夫，先生	夫は優秀な弁護士です／我先生是名傑出的律師
失	しつ	失礼／失禮，不禮貌；抱歉，對不起	失礼に感じます／覺得沒禮貌
好	こう	格好／打扮；姿態；情況	変な格好／奇怪的裝扮
	す（き）	好き／愛好，喜好；隨意，隨心所欲；好色	本を読むのが好きです／喜歡讀書
妻	つま	妻／妻子，太太；配菜	妻と大喧嘩をしました／和內人大吵了一架
娘	むすめ	娘／女兒；姑娘，少女	娘を抱き上げます／抱起女兒
婚	こん	結婚／結婚	俺と結婚しましょう／嫁給我吧
婦	ふ	主婦／家庭主婦	下宿の主婦／寄宿公寓的家庭主婦
存	ぞん	保存／保存	常温保存できる牛乳／可以常溫存放的牛奶
宅	たく	帰宅／回家	帰宅は何時ごろですか／幾點會回家呢
守	す	留守／看家；不在家；不留神	家を留守にします／我不在家裡
	まも（る）	守る／防守，保護；遵守	子どもの安全を守ります／守護孩子們的安全
完	かん	完成／完成，落成，完工	小説が完成しました／小說完成了
官	かん	警官／警察，警官	兄は警官になりました／哥哥當上了警察
定	てい	予定／預定，預計	予定より早く着きました／比預計的還要早抵達了
	じょう	定規／尺，尺規；標準，模範	定規で線を引きます／用尺畫線
実	じつ	実力／實力；武力	実力がついてきました／實力逐漸累積

漢字	發音	舉例	應用
客	きゃく	客室乗務員／空服人員；（列車、船上的）服務人員	客室乗務員に薬をもらいました／空服人員給了我一些藥
害	がい	被害／受害，受損，損失	大きな被害を受けました／承受了巨大的傷害
容	よう	内容／內容，內容物	食事内容に気を付けています／會注重飲食的內容
宿	しゅく	下宿／寄宿，借住；廉價旅館	簡単な下宿生活をしています／過著簡單的寄宿生活
寄	よ（る）	寄る／靠近，貼近；聚集；傾向；順路去；（年齡等）數量增加	帰りに本屋に寄ります／回家路上要順道去一下書店
	よ（せる）	寄せる／使靠近；召集，歸類；加（加法）；投靠；寄，送；表示（善意、同情）	感想を寄せます／將感想寄出
寒	さむ（い）	寒い／寒冷；（心）寒；（因恐懼而）涼；寒酸；不好笑、有趣	ちょっと寒いですね／有點冷呢
寝	しん	寝室／臥房，寢室	寝室を綺麗にします／將臥室整理乾淨
	ね（る）	寝る／睡覺；生病臥床；躺著；滯銷；男女同床	寝る前に本を読みます／在睡前會讀書
察	さつ	警察官／警察	警察官になりたいです／我想成為一名警官
対	たい	絶対／絕對的；肯定，一定	君を絶対に幸せにします／我一定會讓你幸福的
局	きょく	郵便局／郵局	角の郵便局／轉角的郵局
居	きょ	住居費／房租	毎月の住居費／每月的房租
	い（る）	居る／有，在；居住，停留；保持某狀態	クラスの中心に居る人気者／身在班級中心的人氣王
差	さ	交差点／十字路口	交差点を右に曲がります／在十字路口右轉
	さ（す）	差す／陽光照射；水位上漲；泛出，呈現；產生（某種心情）；撐（傘），舉（旗）	雲の隙間から日が差します／陽光從雲朵的縫隙間灑落
市	し	都市／城市，城鎮	台北は台湾で一番大きい都市です／台北是台灣最大的都市
師	し	医師／醫生	私は医者になりました／我成為了醫生
席	せき	運転席／駕駛座	日本の運転席は右側にあります／日本的駕駛座在右邊

漢字	發音	舉例	應用
常	じょう	非常／緊急，緊迫；非常，很，極	非常食用の缶詰／應付緊急情況用的罐頭存糧
平	へい	平気／平靜，冷靜；不在乎，不在意	平気な振りしてます／故作不在意的樣子
	ひら	平仮名／平假名	平仮名で書きます／用平假名書寫
幸	こう	幸福／幸福，美滿	幸福を感じます／感到幸福
	しあわ（せ）	幸せ／幸福；好運，福氣	幸せな人生／幸福的人生
幾	いく（つ）	幾つ／幾歲，多少；很多；一些	卵は幾つも残っていません／雞蛋沒剩幾個了
座	ざ	入門講座／初級課程，入門課程	日本語の入門講座／初級的日文課程
	すわ（る）	座る／坐，跪坐；居於某席位	ベンチに座っています／坐在長凳上
庭	てい	家庭／家庭	うちは母子家庭です／我家是只有媽媽的單親家庭
	にわ	庭／院子，庭院；事務進行的場所	種を庭に埋めます／將種子埋在庭院裡
式	しき	卒業式／畢業典禮	卒業式を行います／舉行畢業典禮
引	いん	引力／引力；萬有引力	地球の引力／地心引力
	ひ（く）	引く／拉，拔，拖；帶著，牽引，拉著；畫（線）；吸，收回，退回；壓扁，壓碎	紐を引いて鳴らします／拉動繩子搖響（鈴鐺）
当	とう	適当／適合的，適當；適度；隨便，敷衍	適当な量／適當的份量
	あ（たる）	当たる／碰上，遇見，撞到；直曬；命中；適合，恰當；相當於	くじに当たりました／中了彩券
	あ（てる）	当てる／碰撞，接觸；命中；猜，預測；放上，貼上；測量；對著，朝著	日に当てます／曬太陽
形	ぎょう	人形／娃娃，玩偶	熊の人形／小熊娃娃
	かたち	形／形狀，樣子；形式；形式上的	星の形をした飴／星星形狀的糖果
役	やく	市役所／市政府	市役所へ出生届を出します／到市政府申辦出生登記
彼	かの	彼女／她；女朋友	彼女と電話しています／正在跟女朋友講電話
	かれ	彼氏／他；男朋友	彼氏がいます／有男朋友
徒	と	生徒／（特指國、高中）學生	生徒会長／學生會長

漢字	發音	舉例	應用
得	とく	得意／滿足；自滿；擅長；顧客，常客	数学が得意です／擅長算數學
	う（る）	得る／得到，獲得；能夠，可能	予想外の事故は常に起こり得る／突發的意外時常有可能發生
	え（る）	得る／得到，獲得，贏得；理解；能夠，可以	知識を得ます／學到知識
御	ご	御／貴（接在跟對方有關的事物、動作的漢字詞語前）表示尊敬、謙讓語	御両親によろしく／幫我問候你父母
	おん	御／接頭詞，表示敬意	厚く御礼申し上げます／致上最高的謝意
必	ひつ	必要／必要，必須	時間が必要です／需要時間
	かなら（ず）	必ず／一定，必定，絕對	必ず会いに行きます／我一定會去見你
忘	わす（れる）	忘れる／忘記；忘我；忘卻（煩惱）；遺失	うっかり忘れました／不小心忘了
忙	いそが（しい）	忙しい／忙碌；閒不下來	忙しい人／忙碌的人
念	ねん	残念／遺憾，可惜；懊悔	残念な結果／令人遺憾的結果
怒	いか（り）	怒り／憤怒，生氣	怒りが爆発します／發怒
	おこ（る）	怒る／生氣，發怒；斥責	怒らない我慢強い人／善於忍耐而不易動怒的人
怖	こわ（い）	怖い／可怕，令人害怕	怖い夢を見ました／做了惡夢
性	せい	性格／（人的）性格，性情；（事物的）性質，特性	明るい性格／開朗的個性
恐	こわ（がる）	恐がる／害怕	虫を恐がります／怕蟲
恥	は（ずかしい）	恥ずかしい／害羞，不好意思；覺得丟臉、慚愧	恥ずかしい思いをしました／覺得很丟臉
息	むす	息子／指親生的兒子	彼は社長の息子です／他是社長的兒子
悲	かな（しい）	悲しい／悲傷，痛心，遺憾	悲しい話／悲傷的故事
情	じょう	表情／表情；事物的狀態、樣貌	表情が固まりました／表情變得僵硬
想	そう	想像／想像	想像力が大切です／想像力很重要
愛	あい	恋愛／戀愛	恋愛関係／情侶關係
感	かん	感謝／感謝	感謝を伝えます／表示感激
慣	かん	習慣／個人習慣；國家的風俗民情	貯金の習慣／儲蓄習慣
	な（れる）	慣れる／習慣，熟悉；熟練	慣れていない仕事／不熟悉的工作

漢字	發音	舉例	應用
成	せい	成功／成功，獲得好的結果；功成名就	実験を成功させます／讓實驗成功
戦	せん	挑戦／挑戰	世界王者に挑戦します／挑戰世界的冠軍
戻	もど（る）	戻る／回家；回到，回去；倒退；恢復；物歸原主	席に戻ります／回到位置上
所	じょ	近所／附近，鄰近；街坊鄰居	近所の公園／附近的公園
	ところ	所々／處處，各處，到處都是	所々に咲く花が見えます／處處可見盛開的花朵
才	さい	才能／才能，才華	絵を描く才能があります／有畫畫的才華
打	う（つ）	打つ／拍打，刺激，碰撞；以打的動作做事情（打電腦等）；注射，打入；採取行動	釘を打ちます／釘釘子
払	はら（う）	払う／撣，拂去；支付；除去，驅趕；傾注，費盡；賣掉	埃を払います／拂去塵埃
投	な（げる）	投げる／投擲，扔；摔；放棄；投射（目光）；提出（話題）	私に視線を投げました／視線轉過來看著我
折	お（る）	折る／摺疊；折斷	花を折ります／摘花
	お（れる）	折れる／折彎；折斷；拐彎；屈服	骨が折れました／骨折了
抜	ぬ（く）	抜く／抽出，拔去；選出，摘引；消除，排除；省去，減少；超越	銃を抜きます／拔槍
	ぬ（ける）	抜ける／脫落，掉落；遺漏；脫；離，離開，消失，散掉；溜走，逃脫	歯が抜けます／掉牙齒
抱	だ（く）	抱く／抱；孵卵；心懷，懷抱	赤ちゃんを抱いています／抱著嬰兒
押	お（す）	押す／推，擠；壓，按 ；蓋章	ボタンを押します／按下按鈕
	お（さえる）	押さえる／按，壓；扣住，勒住；控制，阻止；捉住；扣留；超群出眾	口を強く押さえられました／嘴巴被用力地摀住了
招	しょう	招待／邀請	招待を受けます／受到邀請
	まね（く）	招く／（搖手、點頭）招呼；招待，宴請；招聘，聘請；招惹，招致	パーティーに招かれました／受邀參加派對
指	し	指定席／劃位座，對號入座	指定席のチケットを取ります／買對號坐的車票
	さ（す）	指す／指，指示；使，叫，令，命令做…	指指す方向／手指的方向
	ゆび	指輪／戒指	結婚指輪／婚戒

漢字	發音	舉例	應用
捕	つか（まる）	捕(つか)まる／抓住，被捉住，逮捕；抓緊，揪住	犯人(はんにん)がようやく捕(つか)まりました／犯人終於被抓到了
	つかま（える）	捕(つか)まえる／逮捕，抓；握住	機会(きかい)を捕(つか)まえます／把握機會
掛	か（ける）	掛(か)ける／掛在（牆壁）；戴上（眼鏡）；捆上，打（電話）	ジャケットを椅子(いす)の背(せ)に掛(か)けます／將夾克掛於椅背上
	か（かる）	掛(か)かる／懸掛，掛上；覆蓋；花費	壁(かべ)に絵(え)が掛(か)かっています／牆上掛著圖畫
探	さが（す）	探(さが)す／尋找，找尋	アルバイトを探(さが)しています／正在找打工
支	し	支出(ししゅつ)／開支，支出	今月(こんげつ)の支出(ししゅつ)は多(おお)いです／本月的開銷很大
放	ほう	放送(ほうそう)／播映，播放	番組(ばんぐみ)が放送(ほうそう)されました／播放了節目
政	せい	政治(せいじ)／政治	政治(せいじ)に無関心(むかんしん)／對政治毫不關心
敗	はい	失敗(しっぱい)／失敗	失敗(しっぱい)は成功(せいこう)のもと／失敗為成功之母
散	さん	散歩(さんぽ)／散步，隨便走走	公園(こうえん)で散歩(さんぽ)します／在公園散步
	ち（らす）	散(ち)らす／把…分散開，驅散；吹散，灑散；散佈，傳播；消腫	風(かぜ)が木(こ)の葉(は)を散(ち)らします／風把樹葉吹散
	ち（る）	散(ち)る／凋謝，散漫，落；離散，分散；遍佈；消腫；渙散	花(はな)が散(ち)ります／花朵散落
数	すう	少数(しょうすう)／數量較少的	少数(しょうすう)の人(ひと)の意見(いけん)／少數人的意見
	かず	数(かず)／數，數目；多數，種種	数(かず)が合(あ)いません／數目不符
	かぞ（える）	数(かぞ)える／數，計算；列舉，枚舉	数(かず)を数(かぞ)えます／計算數量
断	だん	横断(おうだん)／橫斷；橫渡	道(みち)を横断(おうだん)します／橫渡馬路
	ことわ（る）	断(ことわ)る／謝絕；預先通知，事前請示	仕事(しごと)は決(けっ)して断(ことわ)りません／決不會拒絕任何工作
易	えき	貿易(ぼうえき)／國際貿易，交易買賣	貿易関係(ぼうえきかんけい)の仕事(しごと)／貿易相關工作
	やさ（しい）	易(やさ)しい／簡單，容易，易懂	わかりやすく説明(せつめい)します／簡單易懂的說明
昔	むかし	昔(むかし)／以前	昔(むかし)の遊(あそ)び／以前的遊戲
昨	さく	一昨年(いっさくねん)／前年	一昨年(いっさくねん)から日本(にほん)に住(す)んでいます／從前年開始住在日本
	きのう	昨日(きのう)／昨天；近來，最近；過去	昨日(きのう)は雨(あめ)でした／昨天是下雨天
晩	ばん	毎晩(まいばん)／每天晚上	毎晩(まいばん)夜空(よぞら)を観察(かんさつ)しています／每晚都會觀察夜空

漢字	發音	舉例	應用
景	け	景色／景色，風景	東京の景色／東京的風景
晴	は（れる）	晴れる／（天氣）晴，（雨，雪）停止，放晴	霧が晴れました／霧散了
暗	あん	暗証番号／密碼	ドアロックの暗証番号／密碼門鎖的密碼
	くらい	暗い／（光線）暗，黑暗；（顏色）發暗，發黑	暗い色／暗色
暮	く（らす）	暮らす／生活，度日	田舎で暮らしたいです／我想在鄉下生活
	く（れる）	暮れる／日暮，天黑；到了尾聲，年終	年が暮れます／到了年末
曲	きょく	作曲家／作曲家	有名な作曲家／知名作曲家
	ま（げる）	曲げる／彎，曲；歪，傾斜；扭曲，歪曲；改變，放棄；（當舖裡的）典當；偷，竊	自分の意見を曲げません／不改變自己的意見
	ま（がる）	曲がる／彎曲；拐彎	左に曲がります／左轉
更	こう	変更／變更，更改，改變	飛行機の時間を変更しました／變更了坐飛機的時間
	ふ（ける）	更ける／（秋）深；（夜）闌	夜が更けました／夜深了
最	さい	最高／（高度、位置、程度）最高，至高無上；頂，極，最	最高気温／最高氣溫
望	ぼう	希望／希望，期望，願望	希望の配達日時／希望送達的時間
	のぞ（む）	望む／遠望，眺望；指望，希望；仰慕，景仰	変化を望みます／希望能有變化
期	き	期間／期間，期限內	期間限定の商品／期間限定的商品
未	み	未来／將來，未來；（佛）來世	明るい未来／光明的未來
	ま（だ）	未だ／還，尚；仍然；才，不過	未だ郵便が来ていません／郵差還沒來
末	まつ	週末／週末	週末を楽しみしています／期待週末的到來
束	そく	約束／約定，規定	小指と小指を結んで約束をします／打勾勾立下約定
杯	はい	一杯／一碗，一杯；充滿，很多	もう一杯いかがですか／再來一杯如何呢
果	か	効果／效果，成效，成績；（劇）效果	あまり効果がありません／沒什麼效果
格	かく	合格／及格；合格	合格を祝います／慶祝考試合格

漢字	發音	舉例	應用
構	こう	結構／很好，出色；可以，足夠；（表示否定）不要；相當	結構大変です／相當辛苦
	かま（う）	構う／在意，理會；逗弄	言いたいことを言って構いません／想說什麼請儘管說
様	よう	花模様／花的圖樣	花模様の壁紙／花朵圖案的壁紙
	さま	お陰様で／託福，多虧	お陰様で元気になりました／托您的福，已經痊癒了
権	けん	権利／權利；權益	選挙する権利があります／有參與選舉的權利
横	おう	横断歩道／斑馬線	横断歩道を渡ります／穿過斑馬線
	よこ	横／横；寬；側面；旁邊	ベッドの横に置きます／放在床邊
機	き	洗濯機／洗衣機	洗濯機で洗います／放進洗衣機清洗
欠	けつ	欠席／缺席	期末試験を欠席しました／缺席期末考
	か（ける）	欠ける／缺損；缺少	常識に欠けます／缺乏常識
次	じ	次回／下回，下次	次回またお願いします／下次也要麻煩您了
	つぎ	次／下次，下回，接下來；第二，其次	次の仕事が見付かりません／遲遲找不到下一份工作
欲	ほ（しい）	欲しい／想要（擁有、獲得），希望（他人做某事）	ブランドのお財布が欲しいです／我想要名牌的錢包
歯	は	歯医者／牙醫	歯医者さんに診てもらいます／請牙醫幫我看診
歳	さい	歳／（計算年齡的量詞）…歲	5歳の女の子／5歲的女孩
残	ざん	残業／加班	残業で疲れました／加班加得疲憊不堪
	のこ（す）	残す／留下，剩下；存留；遺留；（相撲頂住對方的進攻）開腳站穩	メッセージを残しました／留下了訊息
	のこ（る）	残る／剩餘，剩下；遺留	決勝に残りたいです／想要擠進總決賽
段	だん	階段／樓梯，階梯；等級	狭い階段／狹窄的樓梯
殺	ころ（す）	殺す／殺死，致死；抑制，忍住，消除；埋沒；浪費，犧牲，典當；殺，（棒球）使出局	虫を殺せない／不忍心殺死蟲子
民	みん	市民／市民，公民	市民プール／市民游泳池
求	きゅう	請求書／帳單，繳費單	請求書を発行します／開立帳單

漢字	發音	舉例	應用
決	けつ	解決(かいけつ)／解決，處理	問題(もんだい)を解決(かいけつ)しました／問題已解決
	き（まる）	決(き)まる／決定；規定；決定勝負	進学(しんがく)する大学(だいがく)が決(き)まりました／即將入學的大學已經決定了
	き（める）	決(き)める／決定；規定；認定	代表者(だいひょうしゃ)を決(き)めます／決定出代表
治	じ	政治家(せいじか)／政治家（多半指議員）	政治家(せいじか)になりました／成為一名議員
	ち	治療(ちりょう)／治療，醫療，醫治	歯(は)を治療(ちりょう)します／治療牙齒
	なお（す）	治(なお)す／醫治，治療	病気(びょうき)を治(なお)します／治療疾病
	なお（る）	治(なお)る／治癒，痊癒	風邪(かぜ)が治(なお)りました／感冒痊癒了
法	ほう	方法(ほうほう)／方法，辦法	全員(ぜんいん)が納得(なっとく)できる方法(ほうほう)／全員都能接受的方法
泳	えい	水泳(すいえい)／游泳	水泳(すいえい)を学(まな)びます／學習游泳
	およ（ぐ）	泳(およ)ぐ／（人，魚等在水中）游泳；穿過，擠過	自由(じゆう)に泳(およ)げます／可以自由的游泳
洗	せん	洗剤(せんざい)／洗滌劑，洗衣粉（精）	中性洗剤(ちゅうせいせんざい)を選(えら)びます／選購中性的洗碗精
	あら（う）	洗(あら)う／沖洗，清洗；洗滌	風呂場(ふろば)で足(あし)を洗(あら)います／在浴室清洗雙腳
活	かつ	活躍(かつやく)／活躍	彼(かれ)はサッカー選手(せんしゅ)として活躍(かつやく)しています／他以一名足球員而活躍
流	りゅう	流行(りゅうこう)／流行，時髦，時興；蔓延	今年(ことし)は黒(くろ)が流行(りゅうこう)しています／今年流行黑色
	なが（す）	流(なが)す／使流動，沖走；使漂走；流（出）；放逐；使流產；傳播；洗掉（汙垢）；不放在心上	汗(あせ)を流(なが)します／辛苦的流著汗水
	なが（れる）	流(なが)れる／流動；漂流；飄動；傳布；流逝；流浪；（壞的）傾向；流產；作罷；偏離目標；瀰漫；降落	電車内(でんしゃない)にアナウンスが流(なが)れました／電車裡播放著車內廣播
浮	う（く）	浮(う)く／飄，浮；浮起，浮現；（物品）搖晃；（心情）雀躍，高興；輕浮；（時間、經費）有餘	川(かわ)に船(ふね)が浮(う)いています／河川上飄著小船
消	しょう	消費(しょうひ)／消費，耗費	消費期限(しょうひきげん)は明日(あした)までです／消費的有效日期到明天為止
	き（える）	消(き)える／（燈，火等）熄滅；（雪等）融化；消失，看不見	不安(ふあん)が消(き)えます／不再感到不安
	け（す）	消(け)す／熄掉，撲滅；關掉，弄滅；消失，抹去	エアコンを消(け)します／關掉冷氣

漢字	發音	舉例	應用
深	しん	深夜（しんや）／深夜	深夜番組（しんやばんぐみ）／深夜節目
	ふか（い）	深（ふか）い／深的；濃的；晚的；（情感）深的；（關係）密切的	深（ふか）い秋（あき）／深秋
	ふか（まる）	深（ふか）まる／加深，變深	関係（かんけい）が深（ふか）まります／關係變得深厚
	ふか（める）	深（ふか）める／加深，加強	理解（りかい）を深（ふか）めます／更加深入的去理解
済	さい	経済（けいざい）／經濟	経済（けいざい）は低成長期（ていせいちょうき）に入（はい）りました／經濟狀況進入了低成長階段
	す（む）	済（す）む／（事情）完結，結束；過得去，沒問題；（問題）解決，（事情）了結	ただで済（す）みました／不用付出任何代價便解決了
	す（ます）	済（す）ます／弄完，辦完；償還，還清；對付，將就，湊合；（接在其他動詞連用形下面）表示完全成為…	宿題（しゅくだい）を済（す）まします／解決功課
	す（ませる）	済（す）ませる／弄完，辦完；償還，還清；將就，湊合	今日中（きょうじゅう）に済（す）ませます／要在今天處理完
渡	わた（す）	渡（わた）す／交給，交付	名刺（めいし）の渡（わた）し方（かた）／交遞名片的方式
	わた（る）	渡（わた）る／渡，過（河）；（從海外）渡來	橋（はし）を渡（わた）ります／過橋
港	こう	空港（くうこう）／機場	国際空港（こくさいくうこう）／國際機場
	みなと	港（みなと）／港口，碼頭	まもなく港（みなと）に着（つ）きます／不久將抵達港口
満	まん	満足（まんぞく）／滿足，令人滿意的，心滿意足；滿足，符合要求；完全，圓滿	現状（げんじょう）に満足（まんぞく）しています／滿足於現況
演	えん	演劇（えんげき）／演劇，戲劇	演劇部（えんげきぶ）に入（はい）ります／加入戲劇社
点	てん	点数（てんすう）／（評分的）分數	試験（しけん）の点数（てんすう）／考試的分數
	つ（ける）	点（つ）ける／打開（家電類）；點燃	電灯（でんとう）を点（つ）けます／打開電燈
	つ（く）	点（つ）く／點上，（火）點著	火（ひ）が点（つ）きます／點火
然	ぜん	自然（しぜん）／自然，天然；大自然，自然界；自然地	豊（ゆた）かな自然（しぜん）／豐富的自然環境
煙	えん	禁煙（きんえん）／禁止吸菸；禁菸，戒菸	ここは禁煙（きんえん）ですよ／這裡禁止吸菸喔
	けむり	煙（けむり）／煙，煙狀物	煙（けむり）を立（た）てます／過日子
熱	ねつ	光熱費（こうねつひ）／電費和瓦斯費等	光熱費（こうねつひ）を節約（せつやく）します／節省電費跟瓦斯
	あつ（い）	熱（あつ）い／（溫度）熱的，燙的	水筒（すいとう）に熱（あつ）いお茶（ちゃ）を入（い）れます／在水壺裡注入熱茶

漢字	發音	舉例	應用
犯	はん	犯人(はんにん)／犯人	犯人(はんにん)が分(わ)かりません／不知道犯人是誰
状	じょう	症状(しょうじょう)／症狀	頭痛(ずつう)の症状(しょうじょう)によく効(き)きます／對頭痛的症狀很有效
猫	ねこ	猫(ねこ)／貓	猫(ねこ)が昼寝(ひるね)をしています／貓咪正在午睡
王	おう	国王(こくおう)／國王	国王(こくおう)の権力(けんりょく)／國王的權力
現	げん	現代(げんだい)／現代，當代；(歷史) 現代 (日本史上指二次世界大戰後)	現代病(げんだいびょう)／現代人的文明病
	あらわ(す)	現(あらわ)す／現，顯現，顯露	美(うつく)しい山頂(さんちょう)が姿(すがた)を現(あらわ)しました／露出山頂美麗的身姿
	あらわ(れる)	現(あらわ)れる／出現，呈現，顯露	空(そら)に黒(くろ)い雲(くも)が現(あらわ)れます／天空出現烏雲
球	きゅう	地球(ちきゅう)／地球	地球温暖化(ちきゅうおんだんか)／全球暖化
	たま	球(たま)／球；球狀物；電燈泡	いい球(たま)を投(な)げます／投出好球
産	さん	生産(せいさん)／生產，製造；創作 (藝術品等)；生業，生計	自転車(じてんしゃ)を生産(せいさん)しています／在生產腳踏車
	う(む)	産(う)む／生，產	卵(たまご)を産(う)みます／產卵
由	ゆ	経由(けいゆ)／經過，經由	長野(ながの)経由(けいゆ)で金沢(かなざわ)へ行(い)きます／經過長野往金澤
	ゆう	自由(じゆう)／自由，隨便	自由(じゆう)にやりなさい／請隨意去做
申	しん	申請(しんせい)／申請，聲請	パスポートを申請(しんせい)します／申請護照
	もう(す)	申(もう)す／說，叫 (「言う」的謙讓語)	木村(きむら)と申(もう)します／我叫木村
留	る	留守(るす)／不在家；看家	留守番電話(るすばんでんわ)／電話答錄機
	りゅう	留学(りゅうがく)／留學	3年間(ねんかん)留学(りゅうがく)するつもりです／打算留學3年
	と(める)	留(と)める／固定，釘住；扣留；留心	心(こころ)に留(と)めます／留意
番	ばん	順番(じゅんばん)／輪班 (的次序)，輪流，依次交替	予約(よやく)の順番(じゅんばん)に診察(しんさつ)します／依照預約順序看診
疑	ぎ	疑問(ぎもん)／疑問，問題	疑問(ぎもん)に思(おも)います／感到有疑問
疲	つか(れる)	疲(つか)れる／疲倦，疲勞	目(め)が疲(つか)れました／眼睛很疲憊

漢字	發音	舉例	應用
痛	いた（める）	痛(いた)める／使（身體）疼痛，損傷；使（心裡）痛苦	心(こころ)を痛(いた)めます／心疼
	いた（い）	痛(いた)い／疼痛；（因為遭受打擊而）痛苦，難過	お腹(なか)が痛(いた)いです／肚子痛
登	とう	登録(とうろく)／登記；（法）登記，註冊；記錄	外国人登録証明書(がいこくじんとうろくしょうめいしょ)／外國人登錄證明書
	のぼ（る）	登(のぼ)る／登，上；攀登（山）	山頂(さんちょう)まで登(のぼ)ります／爬到山頂
皆	みんな	皆(みんな)／大家，全部，全體	皆(みんな)で食(た)べましょう／大家一起享用吧
	みな	皆(みな)／大家；所有的	皆(みな)ください／每種我都要
盗	ぬす（む）	盗(ぬす)む／偷盜，盜竊	お金(かね)を盗(ぬす)みます／偷錢
直	じき	正直(しょうじき)／正直，老實	正直(しょうじき)な人(ひと)／老實人
	ちょく	直接(ちょくせつ)／直接	直接(ちょくせつ)会(あ)って話(はな)したいです／我想當面談一談
	す（ぐ）	もう直(す)ぐ／不久，馬上	雨(あめ)はもう直(す)ぐ止(や)むでしょう／雨大概很快就會停了吧
	なお（す）	直(なお)す／修理；改正；整理；更改	仲(なか)を直(なお)します／修復關係
	なお（る）	直(なお)る／改正；修理；回復；變更	眼鏡(めがね)が直(なお)りました／眼鏡修好了
相	あい	相手(あいて)／夥伴，共事者；對方，敵手；對象	相手(あいて)の立場(たちば)に立(た)ってみます／試著站在對方的立場
	そう	相当(そうとう)／相當於；適當，相符；很，相當	相当(そうとう)な努力(どりょく)をしました／付出了相當的努力
眠	ねむ（る）	眠(ねむ)る／睡覺；埋藏	ぐっすり眠(ねむ)っています／正熟睡著
石	せっ	石鹸(せっけん)／香皂，肥皂	石鹸(せっけん)で汚(よご)れを落(お)とします／用肥皂洗去髒污
	いし	石(いし)／石頭，岩石；（猜拳）石頭，結石；鑽石；堅硬	小石(こいし)を投(な)げます／丟小石頭
破	やぶ（る）	破(やぶ)る／弄破；破壞；違反；打敗；打破（記錄）	ズボンのお尻(しり)を破(やぶ)ってしまいました／褲子的屁股破了洞
	やぶ（れる）	破(やぶ)れる／破損，損傷；破壞，破裂，被打破；失敗	紙袋(かみぶくろ)の底(そこ)が破(やぶ)れています／紙袋的底部破了

漢字	發音	舉例	應用
確	かく	正確／正確，準確	自分が生まれた正確な時間／自己出生的正確時間
	たし（か）	確か／確實，可靠；大概	確かな技術／可靠的技術
	しっか（り）	確り／紮實；堅固；可靠；穩固	ご飯を確り食べます／確實的吃飯
示	じ	指示／指示，指引；命令，吩咐	上司から指示を受けました／收到上司的指示
礼	れい	失礼／失禮，沒禮貌；失陪	お先に失礼します／我先失陪了
祖	そ	祖父／祖父，外祖父	戦争中祖父も兵隊に行きました／戰爭中祖父也加入了軍隊
神	じん	神社／神社	京都には神社がたくさんあります／京都有許多神社
	かみ	神／神明；死者的靈魂；稱呼天皇；非常出色的人事物；受人幫助時指稱對方	神様に合格をお願いします／向神明祈求能夠合格
福	ふく	幸福／沒有憂慮，非常滿足的狀態	幸福な人生／幸福的人生
科	か	家庭科／（學校學科之一）家事，家政	家庭科の授業でスープを作りました／在家政課上煮了湯
程	ほど	程／…的程度；限度；越…越…	この曲を飽きるほど聞きました／這首曲子聽太多次幾乎被我聽膩了
種	しゅ	種類／種類	種類で分けます／依類型來區分
積	せき	積極的／積極的	積極的な性格／積極的性格
	つ（む）	積む／累積，堆積；裝載；積蓄，積累	石を積んでお寺を造ります／推疊石塊來建造寺廟
	つ（もる）	積もる／積，堆積；累積；估計；計算；推測	雪が道路に積もっています／雪積在道路上
突	とつ	衝突／撞，衝撞，碰上；矛盾，不一致；衝突	人と衝突します／跟人起衝突
	つ（く）	突く／刺，頂，撞；突擊；刺激	胸を突きます／撥動心弦
窓	まど	窓／窗戶	窓が開いています／窗戶敞開著
笑	わら（う）	笑う／笑；譏笑	みんなを笑わせます／讓大家歡笑
等	とう	等／階級，等級；相等；等等，諸如此類	ガラスや陶器等の割れ物／玻璃、陶器等易碎物品
	ら	彼等／他們	彼等はよく喧嘩しています／他們經常吵架

漢字	發音	舉例	應用
箱	はこ	箱(はこ)／盒子，箱子，匣子	割(わ)れ物(もの)は箱(はこ)の中(なか)に入(い)れます／把易碎物品放進箱子裡
米	こめ	米(こめ)／稻米	米(こめ)1キロを買(か)いました／買了1公斤的米
精	せい	精神(せいしん)／心神，精神；靈魂；意志	精神的(せいしんてき)に支(ささ)えてくれます／給予我精神上的支持
約	やく	契約(けいやく)／契約，合同	A社(しゃ)との契約(けいやく)に成功(せいこう)しました／成功和A社簽約了
組	くみ	番組(ばんぐみ)／節目	テレビ番組(ばんぐみ)を録画(ろくが)します／將電視節目錄下來
経	けい	経営(けいえい)／經營，管理	自分(じぶん)でホテルを経営(けいえい)したいです／我想自己經營飯店
	た(つ)	経(た)つ／經，過；（炭火等）燒盡	死後(しご)1週間(しゅうかん)くらい経(た)って発見(はっけん)されました／死後約過了一星期時被發現了
	へ(る)	経(へ)る／（時間、空間、事物）經過，通過	200年(ねん)の時(とき)を経(へ)ました／經過了200年的時間
給	きゅう	給料(きゅうりょう)／工資，薪水	給料(きゅうりょう)は安(やす)い／薪水很少
絵	え	絵(え)／畫，圖畫，繪畫	絵(え)が上手(じょうず)です／很擅長畫畫
絶	ぜつ	絶対(ぜったい)／絕對，無與倫比；堅絕，斷然，一定	絶対(ぜったい)にミスしません／絕對不會犯錯
	た(えず)	絶(た)えず／不斷地，經常地，不停地，連續	工事(こうじ)の音(おと)が絶(た)えず聞(き)こえてきました／施工的噪音不絕於耳
続	ぞく	連続(れんぞく)／連續，接連	3年連続(ねんれんぞく)で売(う)り上(あ)げが増加(ぞうか)しています／銷售額連續3年向上攀升
	つづ(く)	続(つづ)く／繼續，延續，連續；接連發生，接連不斷；隨後發生，接著；連著，通到，與…接連；接得上，夠用；後繼，跟上；次於，居次位	異常気象(いじょうきしょう)が続(つづ)いています／異常氣象依然持續著
	つづ(ける)	続(つづ)ける／（接在動詞連用形後，複合語用法）繼續…，不斷地…	人口(じんこう)が増(ふ)え続(つづ)けます／人口不斷增加
緒	しょ	一緒(いっしょ)／一塊，一起；一樣；（時間）一齊，同時	一緒(いっしょ)に買(か)い物(もの)に行(い)きたいです／想要一起去購物
罪	ざい	有罪(ゆうざい)／有罪	有罪判決(ゆうざいはんけつ)が出(だ)されました／被判有罪
	つみ	罪(つみ)／罪行；罪孽；刑罰，處罰	罪(つみ)を犯(おか)します／犯罪
置	おく	置(お)く／放置，擱置；設置，安置；間隔；留下，落下	予定(よてい)を空(あ)けておきます／事先空出行程

漢字	發音	舉例	應用
美	び	美人／美人，美女	両親とも美人です／雙親都是帥哥美女
	うつく（しい）	美しい／美好的；美麗的，好看的	美しい絵画／美麗的圖畫
老	ろう	老人／老人，老年人	老人ホーム／養老院
	おい	老い／老；老人	老いを感じます／感覺到自己的年邁
耳	みみ	耳／耳朵；聽力；容器把手；吐司邊	耳を傾けます／側耳傾聽
職	しょく	就職／就職，就業，找到工作	出版社に就職が決まりました／出版社的工作敲定了
育	いく	保育園／幼稚園，保育園	保育園を探しています／正在尋找幼稚園
	そだ（つ）	育つ／成長，長大，發育	私の育った村／我從小生長的村子
	そだ（てる）	育てる／撫育，培植；培養	4人の子を育てました／撫養了 4 個孩子
背	せ	背広／西裝	背広を着ます／穿西裝
	せい	背／身高，個子	背が低いです／矮個子
能	のう	可能／可能	可能な限り／盡可能的
腹	はら	腹／肚子；心思，內心活動；心情，情緒；心胸，度量；胎內，母體內	腹が減りました／肚子餓了
舞	ぶ	舞台／舞台；大顯身手的地方	舞台で活躍しています／在舞台上活躍
船	ふね	船／船；舟，小型船；船型的餐盤	東京湾を出た船／駛出東京灣的小船
	ふな	船便／船運，海運	船便は航空便より安いです／海運比空運便宜
良	よ（い）	良い／好的，出色的；漂亮的；（同意）可以	良い学生／好學生
若	わか	若者／年輕人，青年	若者に人気がある映画／很受年輕人歡迎的電影
	も（し）	若し／假如，假設，如果	もし犬が人間の言葉を話せたら／如果小狗會說人話
	わか（い）	若い／年輕，年紀小；幼小；不成熟；血氣方剛，年輕氣盛的	若い女の子／年輕的女孩
苦	にが	苦手／棘手的人或事；不擅長的事物	引き算の問題が苦手です／我不太擅長減法
	くる（しい）	苦しい／艱苦；困難；難過；勉強	鼻が詰まって息が苦しいです／鼻塞了很難呼吸

漢字	發音	舉例	應用
草	ぞう	草履(ぞうり)／草履，草鞋	草履(ぞうり)を履(は)きます／穿草鞋
	くさ	草(くさ)／草，雜草；鋪於屋頂的茅草	柔(やわ)らかい草(くさ)が生(は)えています／長著柔軟的小草
落	らく	落第(らくだい)／不及格，落榜，沒考中；留級	試験(しけん)に落第(らくだい)しました／考試不及格
	お（ちる）	落(お)ちる／落下；掉落；降低，下降；落選	海(うみ)へ落(お)ちていきました／落入了海中
	お（とす）	落(お)とす／掉下；弄掉	速度(そくど)を落(お)として運転(うんてん)します／減緩行車的速度
葉	は	葉書(はがき)／明信片	葉書(はがき)を出(だ)します／寄出明信片
薬	くすり	薬代(くすりだい)／藥費；醫藥費，診療費	薬局(やっきょく)で薬代(くすりだい)を払(はら)います／在藥局支付了藥錢
術	じゅつ	芸術(げいじゅつ)／藝術	芸術科目(げいじゅつかもく)が得意(とくい)です／擅長藝術相關學科
表	ひょう	代表(だいひょう)／團體中的代表；可代指整體的部分特徵；領域中的傑出代表	日本(にほん)を代表(だいひょう)する詩人(しじん)／代表日本的詩人
	おもて	表(おもて)／表面；正面；外觀；外面	コインの表(おもて)／硬幣的正面
	あらわ（す）	表(あらわ)す／表現出，表達；象徵，代表	内容(ないよう)を正確(せいかく)に表(あらわ)す適切(てきせつ)な題(だい)／能正確傳達內容的適當標題
	あらわ（れる）	表(あらわ)れる／出現，出來；表現，顯出	感情(かんじょう)が表情(ひょうじょう)に表(あらわ)れます／情感透過表情流露
要	よう	重要(じゅうよう)／重要，要緊	重要(じゅうよう)な会議(かいぎ)／重要的會議
	いる	要(い)る／要，需要	ソースは要(い)りません／不需要醬料
規	き	規則(きそく)／規則，規章；有規律的	不規則(ふきそく)な生活(せいかつ)／不規律的生活
覚	おぼ（える）	覚(おぼ)える／記得；學習，掌握；感受	はっきり覚(おぼ)えています／我記得很清楚
	さ	覚(さ)ます／（從睡夢中）弄醒，喚醒；（從迷惑、錯誤中）清醒，醒酒；使清醒，使覺醒	朝(あさ)気持(きも)ちよく目(め)を覚(さ)ます／早上舒服的醒來
	さ（める）	覚(さ)める／（從睡夢中）醒，醒過來；（從迷惑、錯誤、沉醉中）醒悟，清醒	夜中(よなか)に目(め)が覚(さ)めました／在半夜醒了過來
観	かん	観察(かんさつ)／觀察，仔細留意	アリを観察(かんさつ)します／觀察螞蟻
解	かい	解決(かいけつ)／解決，處理	事件(じけん)は無事(ぶじ)に解決(かいけつ)しました／事件平安解決了
	とく	解(と)く／解開；拆開（衣服）；消除，解除（禁令、條約等）；解答	事件(じけん)の謎(なぞ)を解(と)きます／解開事件的謎團
	と（ける）	解(と)ける／解開，鬆開（綁著的東西）；消，解消（怒氣等）；解除（職責、契約等）；解開（疑問等）	緊張(きんちょう)がすっかり解(と)けました／完全消除了緊張的情緒

漢字	發音	舉例	應用
記	き	記者／執筆者，筆者；（新聞）記者，編輯	記者たちの質問に答えます／回答記者們的問題
訪	ほう	訪問／訪問，拜訪	お年寄りのお宅を訪問します／拜訪年長者的家
	たず（ねる）	訪ねる／拜訪，訪問	先生のお宅を訪ねました／拜訪了老師家
許	きょ	免許／（政府機關）批准，許可；許可證，執照；傳授秘訣	調理師の免許を取ります／考取廚師執照
	ゆる（す）	許す／允許，批准；寬恕；免除；容許；承認；委託；信賴；疏忽，放鬆；釋放	絶対に許せません／絕對不會原諒
認	にん	確認／證實，確認，判明	予定を確認します／確認計畫
誤	ご	誤解／誤解，誤會	誤解されて悔しいです／被誤會了很不甘心
説	せつ	小説／小説	恋愛小説を書きます／寫愛情小説
調	ちょう	強調／強調；權力主張；（行情）看漲	自分には非がないことを強調しました／強調自己沒有不對
	しら（べる）	調べる／查閱，調查；檢查；搜查	地図で調べます／用地圖查詢
談	だん	相談／商量，諮詢，提議	保健所の健康相談／健保局的健康諮詢
論	ろん	評論／評論，批評	専門家の評論／專家的評論
	ろん（じる）	論じる／論，論述，闡述	正しく論じます／正確地闡述
	ろん（ずる）	論ずる／論，論述，闡述	経済を論じます／談論經濟
識	しき	知識／知識	法律の基本的な知識／法律的基本知識
警	けい	警察／警察；巡警	警察を呼びます／叫警察
議	ぎ	不思議／奇怪，難以想像，不可思議	不思議なお話です／這是個不可思議的故事
負	ま（ける）	負ける／輸；屈服	大会で負けました／在大會中輸了
財	さい	財布／錢包，皮包	財布を失くしました／弄丟了錢包
貧	まず（しい）	貧しい／貧困，貧窮；貧乏，微薄	言葉が貧しいです／詞窮
責	せき	責任／責任，職責	責任感の薄い人／沒什麼責任感的人
費	ひ	交通費／交通費，車馬費	交通費は全額支給します／交通費全額給付
資	し	資格／資格，身份；水準	美容師の資格を取ります／取得美髮師的資格

漢字	發音	舉例	應用
賛	さん	賛成／贊成，同意	この案に賛成できません／無法贊同這個提案
越	こ（える）	越える／越過；度過；超出，超過	支出が収入を越えてしまいました／已經入不敷出了
	こ（す）	越す／越過，突破；超過（某數值）；追過，超越；比…更…；搬家	山を越します／越過山
	こ（し）	越し／越過，隔著；（時間）經過	電話越しに聞こえました／透過電話聽見
路	ろ	道路／道路，馬路	道路工事／道路施工
身	しん	独身／單身	独身生活／單身生活
	み	中身／裝在容器裡的內容物，內容；刀身	封筒の中身／信封的內容物
辞	じ	辞典／字典，辭典	辞典を引きます／查字典
	や（める）	辞める／辭職；休學	仕事を辞めます／辭職
込	こ（む）	申し込む／提議，提出；申請；報名；訂購；預約	試合に申し込みます／報名考試
迎	げい	歓迎会／歡迎會	歓迎会を開きます／舉辦歡迎會
	むか（える）	迎える／迎接；迎合；聘請；迎擊；迎娶，領養	駅まで迎えます／到車站迎接
返	へん	返事／回應，回答；回信	すぐ返事を返しました／馬上回信了
	かえ（る）	返る／復原；返回；回應	返事が返って来ないんです／遲遲沒有得到回覆
	かえ（す）	返す／翻轉，翻面；歸還，送回；報答，報復	恩を返します／報恩
迷	めい	迷惑／麻煩，煩擾；為難，困窘；討厭，妨礙，打擾	人に迷惑をかけました／造成了他人的困擾
	まよ（う）	迷う／迷，迷失；困惑；迷戀；（佛）執迷；（古）（毛線、線繩等）絮亂，錯亂	道に迷ってしまいました／迷路了
追	お（い）	追い越す／超過，追趕過去	前の車を追い越します／超過前面的車輛
退	たい	退学／退學	中途退学／中途退學
逃	に（げる）	逃げる／逃跑；逃避；領先；偏離正確位置，閃到（腰）	猫がベランダから逃げました／貓咪從陽台逃走了
途	と	途上／（文）路上；中途	開発の途上／開發途中

漢字	發音	舉例	應用
速	そく	快速(かいそく)／快速，高速度；快速列車	快速急行(かいそくきゅうこう)の電車(でんしゃ)／快速列車
	はや（い）	速(はや)い／快速，迅速	速(はや)い流(なが)れ／流速很快
連	れん	連絡(れんらく)／聯絡，聯繫；通知，通報；連接（兩地）	メールでご連絡(れんらく)ください／請用郵件聯繫我
	つ（れる）	連(つ)れる／帶著；伴隨著，連帶	警察(けいさつ)に連(つ)れて行(い)かれました／被警察給帶走了
進	しん	進学(しんがく)／升學；進修學問	大学(だいがく)に進学(しんがく)します／上大學
	すす（む）	進(すす)む／進，前進；進步，先進；進展；升級，進級；升入，進入，到達；繼續下去	社会(しゃかい)の情報化(じょうほうか)が進(すす)みました／社會朝著資訊化邁進了
	すす（める）	進(すす)める／使向前推進，使前進；推進，發展，開展；進行，舉行；提升，晉級；增進，使旺盛	時計(とけい)を 30 分(ぷん)進(すす)めました／把時鐘調快了 30 分
遲	ち	遅刻(ちこく)／遲到，晚到	息子(むすこ)が遅刻(ちこく)がちです／兒子老是遲到
	おく（れる）	遅(おく)れる／遲了，晚了，慢了；親近的人比自己早過世	発車時刻(はっしゃじこく)が遅(おく)れます／發車時間延誤了
	おそ（い）	遅(おそ)い／緩慢，遲緩；遲了，慢了；來不及	返事(へんじ)が遅(おそ)いです／回覆得很慢
遊	あそ（ぶ）	遊(あそ)ぶ／玩耍；遊手好閒；玩樂，消遣；閒置	いたずら描(か)きをして遊(あそ)びます／畫著塗鴉玩耍
過	す（ぎる）	過(す)ぎる／超過；過於；經過	貸(か)し出(だ)し期限(きげん)が過(す)ぎています／超過借閱期限了
	す（ごす）	過(す)ごす／度（日子、時間），過生活；過渡過量；放過，不管	エアコンがないと過(す)ごせません／沒有冷氣便無法過日子
達	たち	友達(ともだち)／友人，朋友	友達(ともだち)が多(おお)い／朋友很多
	たつ	発達(はったつ)／（身心）成熟，發達；擴展，進步；（機能）發達，發展	筋肉(きんにく)が発達(はったつ)しています／肌肉發達
違	ちが（う）	違(ちが)う／不同；錯；偏離正確的位置；交錯	間取(まど)りが違(ちが)います／格局不同
	ちが（える）	間違(まちが)える／錯；弄錯	毎回同(まいかいおな)じところで間違(まちが)えてしまいます／每次都在同樣的地方犯錯
遠	えん	遠慮(えんりょ)／客氣，顧慮；辭退，謝絕；深謀遠慮	遠慮(えんりょ)なく頂(いただ)きます／我就不客氣地收下了
	とお（い）	遠(とお)い／（時間、距離）遙遠；（關係）疏遠、疏離；（程度相差）遠；聽不清楚；意識模糊	電話(でんわ)が遠(とお)いです／電話有點小聲
適	てき	適当(てきとう)／適當；適度；隨便	適当(てきとう)な運動(うんどう)／適當的運動

漢字	發音	舉例	應用
選	せん	選挙／選拔；選舉	選挙を行います／進行選舉
	えら（ぶ）	選ぶ／挑選；選拔；區別	言葉を選びます／留意用詞
部	ぶ	部長／部長，部門經理	営業部長になりました／當上了營業部長
都	と	都会／都市，城市	彼女は都会育ちです／她在都市長大的
	つ	都合／原因，情況；方便與否；機緣，湊巧	あなたのご都合に合わせます／我可以配合您的時間
配	はい	宅配便／宅急便	宅配便の荷物が届きました／宅急便的包裹送到了
酒	しゅ	酒／酒	日本酒を温めて飲みます／把日本酒加熱之後飲用
	さけ	酒／清酒；酒的通稱；喝酒；酒席	お酒の回りが速いです／酒勁來得很快
関	と（じる）	閉じる／閉，關閉；結束	目を閉じて、ちょっと休みましょう／閉上眼睛，稍微休息一會兒吧
	し（まる）	閉まる／關起，被關閉；結束營業，下班	扉が閉まります／門扉緊閉
	し（める）	閉める／關閉；結束營業	蓋をしっかり閉めます／確實蓋上蓋子
阪	さか	大阪／大阪	東京発大阪行きの新幹線／從東京發車前往大阪的新幹線
降	お（ろす）	降ろす／（從高處）取下，拿下，降下，弄下；開始使用（新東西）；砍下	荷を降ろします／卸下行李
	お（りる）	降りる／下來；放下；辭去職務；（霧、霜）降下	停留所で降ります／在巴士停靠站下車
	ふ（る）	降る／下（雨、雪）；降（霜）；（陽光）灑下；（事物）聚集而來	雨が降ってきました／下起了雨
限	げん	期限／期限，時效	レポートの提出期限／報告的繳交期限
除	じょ	削除／刪掉，刪除，勾消，抹掉	私が写っていた写真を削除してください／請把拍到我的照片刪掉
	じ	掃除機／除塵機，吸塵器	掃除機をかけます／用吸塵器打掃
険	けん	危険／危險	夜の山は危険です／晚上的山很危險
陽	よう	太陽／太陽；希望	太陽が顔を出します／太陽露臉
際	さい	交際費／應酬費用	交際費は月２万円くらいかかります／每個月大約要花２萬圓的交際費用

漢字	發音	舉例	應用
雑	ざつ	混雑(こんざつ)／混亂，混雜，混染	連休(れんきゅう)期間(きかん)の新幹線(しんかんせん)は非常(ひじょう)に混雑(こんざつ)していました／連假期間的新幹線非常壅擠
難	にく(い)	難(にく)い／（接尾詞）困難，不易	字(じ)が小(ち)さくて読(よ)み難(にく)いです／字很小，不易閱讀
	むずか(しい)	難(むずか)しい／困難，難以解決的；複雜的，麻煩的；不好相處的人；不高興	難(むずか)しい心臓(しんぞう)の手術(しゅじゅつ)／困難的心臟手術
雪	ゆき	雪(ゆき)／雪；雪白；白髮	私(わたし)の国(くに)は雪(ゆき)が降(ふ)りません／我的國家不會下雪
静	しず(か)	静(しず)か／安靜，寂靜；緩慢，輕輕的；平靜；文靜的性格	海(うみ)の近(ちか)くの町(まち)で静(しず)かに暮(く)らしています／我在靠海的小鎮過著平靜的生活
非	ひ	非常(ひじょう)／非常，很，特別；緊急，緊迫	非常(ひじょう)に忙(いそが)しいです／非常忙碌
面	めん	場面(ばめん)／場面，場所；情景，（戲劇、電影等）場景，鏡頭；市場的情況，行情	映画(えいが)の最後(さいご)の場面(ばめん)／電影最後的場面
	おも	面白(おもしろ)い／有趣，精彩，奇特；心情愉快	面白(おもしろ)い映画(えいが)／精彩的電影
靴	くつ	靴下(くつした)／襪子	3足(ぞく)1,000円(えん)の靴下(くつした)／3 雙 1000 圓的襪子
頂	いただ(く)	頂(いただ)く／戴在頭上；擁戴；得到，承蒙；吃、喝、吸（菸）的謙讓語；請	相談(そうだん)に乗(の)って頂(いただ)けますか／能否與我商量一下呢
頭	とう	頭(とう)／（計算牛、馬等的量詞）頭	草原(そうげん)に馬(うま)が2頭(とう)います／草原上有兩匹馬
	あたま	頭(あたま)／頭腦；思考；頭髮；物品的頂端；領導的人物；事物最初；人數	頭(あたま)がおかしくなります／腦袋會變得很奇怪
頼	たの(む)	頼(たの)む／拜託，懇請；託付，委託；雇用，請；依靠	ケーキを頼(たの)みます／點塊蛋糕
顔	かお	顔(かお)／臉，容貌；表情；面子，顏面	帽子(ぼうし)で顔(かお)を隠(かく)します／用帽子遮住臉
願	ねが(う)	願(ねが)う／期望，希望；請求，拜託；請客人購買	家内安全(かないあんぜん)を願(ねが)います／希望全家平安
類	るい	種類(しゅるい)／種類	いろんな種類(しゅるい)があります／有各式各樣的種類
飛	ひ	飛行機(ひこうき)／飛機	朝(あさ)の飛行機(ひこうき)で出発(しゅっぱつ)します／搭乘早上的飛機啟程
	と(ぶ)	飛(と)ぶ／飛翔，飛舞，飛散；飛奔，跳躍；逃到遠方；化為烏有	鳥(とり)が空(そら)を飛(と)んでいました／鳥兒在天空飛翔
	と(ばす)	飛(と)ばす／使…飛，使飛起；（風等）吹起，吹跑；飛濺，濺起	強風(きょうふう)で屋根(やね)を飛(と)ばされました／屋頂被強風掀起了
首	くび	足首(あしくび)／腳踝	足首(あしくび)を細(ほそ)くする方法(ほうほう)／讓腳踝變細的方法

漢字	發音	舉例	應用
馬	ば	馬鹿／愚蠢，糊塗；無聊，無意義	馬鹿正直な人／爛好人
	うま	馬／馬；墊高用的小凳子；將棋的桂馬	馬に乗って駆けてきます／乘著馬朝這邊奔來
髪	かみ	髪の毛／頭髮	髪の毛が抜けます／掉頭髮
鳴	な（く）	鳴く／叫，鳴叫，啼叫	鳥が鳴いています／小鳥鳴叫著
	な（る）	鳴る／響，叫；聞名	おなかがグーグー鳴っています／肚子咕嚕咕嚕的叫著
	な（らす）	鳴らす／鳴，啼，叫；（使）出名；嘮叨；放響屁	ベルを鳴らします／響鈴

日檢分類單字

N3

測驗問題集

JLPT

1 時間（1）（じかん） 時間（1）

Track 01

◆ 時（とき）、時間（じかん）、時刻（じこく） 時候、時間、時刻

- **前半**（ぜんはん）　名 前半，前半部
- **後半**（こうはん）　名 後半，後一半
- **世紀**（せいき）　名 世紀，百代；時代，年代；百年一現，絕世
- **早朝**（そうちょう）　名 早晨，清晨
- **正午**（しょうご）　名 正午
- **深夜**（しんや）　名 深夜
- **真夜中**（まよなか）　名 三更半夜，深夜
- **夜間**（やかん）　名 夜間，夜晚
- **徹夜**（てつや）　名・自サ 通宵，熬夜
- **始まり**（はじまり）　名 開始，開端；起源
- **始め**（はじめ）　名・接尾 開始，開頭；起因，起源；以…為首
- **ぎりぎり**　名・副・他サ（容量等）最大限度，極限；（摩擦的）嘎吱聲
- **急ぎ**（いそぎ）　名・副 急忙，匆忙，緊急
- **遅れ**（おくれ）　名 落後，晚；畏縮，怯懦
- **遅刻**（ちこく）　名・自サ 遲到，晚到
- **明ける**（あける）　自下一（天）明，亮；過年；（期間）結束，期滿
- **移る**（うつる）　自五 移動；推移；沾到
- **経つ**（たつ）　自五 經，過；（炭火等）燒盡
- **経る**（へる）　自下一（時間、空間、事物）經過，通過
- **更ける**（ふける）　自下一（秋）深；（夜）闌
- **しばらく**　副 好久；暫時
- **ずっと**　副 更；一直
- **同時に**（どうじに）　副 同時，一次；馬上，立刻
- **突然**（とつぜん）　副 突然
- **前もって**（まえもって）　副 預先，事先
- **振り**（ぶり）　造語 相隔
- **毎**（まい）　接頭 每
- **あっという間（に）**（ま）　感 一眨眼的功夫

活用句庫

例 踏切で事故があり、電車に１時間の遅れが出ています。 平交道上發生了事故，因此電車延誤了一個小時。

例 前半は３対０で勝っていたのに、後半で逆転されて負けました。 明明上半場以３比０領先，下半場卻被逆轉，輸了比賽。

例 早朝、公園の周りを散歩するのが習慣になっています。 我習慣早上到公園附近散步。

練習

Ⅰ [a～e]の中から適当な言葉を選んで、（　　）に入れなさい。

a. 振り	b. 始め	c. 遅れ	d. 急ぎ	e. 毎

❶ 新幹線は２時間以上の（　　　　　）で、特急料金を返します。

❷ 日本に住み（　　　　　）た時、納豆は食べられませんでした。

❸ 30年（　　　　　）に故郷に帰ったら、知らない町みたいでした。

❹ 今度の台風は大きいです。ニュースは（　　　　　）秒50メートル以上の風が吹くと言っています。

Ⅱ [a～e]の中から適当な言葉を選んで、（　　）に入れなさい。（必要なら形を変えなさい）

a. 移る	b. 徹夜する	c. 更ける	d. 経る	e. 明ける

❶ 梅雨が（　　　　　）とたん、朝からすごい暑さです。

❷ 4Gの時代から5Gの時代に（　　　　　）ら、生活が大きく変わるでしょう。

❸ 夜が（　　　　　）につれて、月はますます明るくなってきました。

❹ 祖父が作ってくれた木の椅子は、年月を（　　　　　）とともに、いい色になりました。

Ⅲ [a～e]の中から適当な言葉を選んで、（　　）に入れなさい。

a. ぎりぎり	b. ずっと	c. 突然	d. しばらく	e. 前もって

❶ 今朝は寝坊したが、何とか（　　　　　）で会議に間に合いました。

❷ このパソコンは、（　　　　　）使わないとスリープモードになります。

❸（　　　　　）聞きたかったんですが、先生は結婚しているんですか。

❹ さっきまで晴れていたのに、（　　　　　）大雨が降り出しました。

2 時間(2) 時間(2)

Track 02

◆ 季節、年、月、週、日 季節、年、月、週、日

日（じつ）	漢造 太陽；日，一天，白天；每天
日（か）	漢造 表示日期或天數
昨（さく）	漢造 昨天；前一年，前一季；以前，過去
週（しゅう）	名·漢造 星期；一圈
先日（せんじつ）	名 前天；前些日子
前日（ぜんじつ）	名 前一天
平日（へいじつ）	名（星期日、節假日以外）平日；平常，平素
休日（きゅうじつ）	名 假日，休息日
本日（ほんじつ）	名 本日，今日
昨日（さくじつ）	名（「きのう」的鄭重說法）昨日，昨天
一昨日（いっさくじつ）	名 前一天，前天
翌（よく）	漢造 次，翌，第二
翌日（よくじつ）	名 隔天，第二天
明（みょう）	接頭（相對於「今」而言的）明
明後日（みょうごにち）	名 後天
曜日（ようび）	名 星期
週末（しゅうまつ）	名 週末
月末（げつまつ）	名 月末、月底
上旬（じょうじゅん）	名 上旬
中旬（ちゅうじゅん）	名（一個月中的）中旬
下旬（げじゅん）	名 下旬
年始（ねんし）	名 年初；賀年，拜年
年末年始（ねんまつねんし）	名 年底與新年
本年（ほんねん）	名 本年，今年
昨年（さくねん）	名 去年
一昨年（いっさくねん）	名 前年

活用句庫

例 先日の台風で、畑の野菜が全部だめになってしまいました。 — 前陣子的颱風害得菜園的蔬菜全作廢了。

例 医者からは、来月の中旬には退院できると言われています。 — 醫生說下個月中旬就能出院了。

例 一昨年の夏は雨続きで、深刻な米不足となりました。 — 前年夏天的持續降雨，造成了稻米嚴重歉收。

練習

I [a ～ e]の中から適当な言葉を選んで、(　　)に入れなさい。

a. 日	b. 翌	c. 日	d. 昨	e. 明

❶ 8 (　　　　　)と4 (　　　　　)を聞き間違えたのか。約束の場所に誰もいませんでした。

❷ (　　　　　)夜の大雨で、桜の花がほとんど散ってしまいました。

❸ この飛行機は(　　　　　)朝5時30分にホノルルに到着の予定です。

❹ この子は10年前の大地震の(　　　　　)日に生まれました。

II [a ～ e]の中から適当な言葉を選んで、(　　)に入れなさい。

a. 明後日	b. 月末	c. 年始	d. 前日	e. 週末

❶ (　　　　　)の挨拶の手土産は、「お年賀」と呼ばれます。

❷ 金曜日は(　　　　　)に含まれますか。

❸ 私は今月の(　　　　　)で会社を辞めるつもりです。

❹ 旅行の(　　　　　)は、いつも興奮してなかなか寝られません。

III [a ～ e]の中から適当な言葉を選んで、(　　)に入れなさい。

a. 年末年始	b. 本年	c. 平日	d. 上旬	e. 曜日

❶ 最近、(　　　　　)に海外旅行に行く人が増えています。

❷ 土日は人が多いので、なるべく(　　　　　)にスーパーへ行くようにしています。

❸ 旧年中はお世話になりました。(　　　　　)もよろしくお願い申し上げます。

❹ 都合のいい(　　　　　)と時間を教えてください。

3 時間（3）じかん 時間（3）

Track 03

◆ 過去（かこ）、現在（げんざい）、未来（みらい） 過去、現在、未來

以後（いご）	名 今後，以後，將來；（接尾語用法）（在某時期）以後
以前（いぜん）	名 以前；更低階段（程度）的；（某時期）以前
現代（げんだい）	名 現代，當代；（歷史）現代（日本史上指二次世界大戰後）
今後（こんご）	名 今後，以後，將來
事後（じご）	名 事後
事前（じぜん）	名 事前
直後（ちょくご）	名·副 （時間，距離）緊接著，剛…之後，…之後不久
直前（ちょくぜん）	名 即將…之前，眼看就要…的時候；（時間，距離）之前，跟前，眼前
後（のち）	名 後，之後；今後，未來；死後，身後
古（ふる）	名·漢造 舊東西；舊，舊的
前（ぜん）	漢造 前方，前面；（時間）早；預先；從前
来（らい）	接尾 以來
未来（みらい）	名 將來，未來；（佛）來世
過ぎる（すぎる）	自上一 超過；過於；經過

◆ 期間（きかん）、期限（きげん） 期間、期限

期（き）	漢造 時期；時機；季節；（預定的）時日
間（かん）	名·接尾 間，機會，間隙
期間（きかん）	名 期間，期限內
期限（きげん）	名 期限，時效
シーズン【season】	名（盛行的）季節，時期
締め切り（しめきり）	名（時間、期限等）截止，屆滿；封死，封閉；截斷，斷流
定期（ていき）	名 定期，一定的期限
間に合わせる（まにあわせる）	連語 臨時湊合，就將；使來得及，趕出來

活用句庫

例 以前から、先生には１度お会いしたいと思っておりました。	從以前就一直希望有機會拜見老師一面。
例 申し訳ありません。今後はこのような失敗のないよう気をつけます。	非常抱歉。我會小心以後不再發生相同的失誤。
例 20年後の未来に行って、僕の奥さんを見てみたいです。	我想到 20 年後，看看我未來的妻子是誰。

練習

Ⅰ [a ～ e]の中から適当な言葉を選んで、(　　)に入れなさい。

a. 期	b. 前	c. 間	d. 来	e. 後

❶ 現市長と(　　　　　　　)市長は犬猿の仲です。

❷ 天気予報によると、明日の天気は「晴れ(　　　　　　　)曇り」だそうです。

❸ この薬は食(　　　　　　　)、そうですねえ、食後２時間ぐらいに飲んでください。

❹ 今日から新学(　　　　　　　)で、新しいクラスになりました。

Ⅱ [a ～ e]の中から適当な言葉を選んで、(　　)に入れなさい。

a. 期間	b. 以前	c. 現代	d. 今後	e. 直後

❶ (　　　　　　　)なら軽く３杯や４杯はおかわりしたものです。

❷ (　　　　　　　)から見れば、昔はすべてにのんびりしていました。

❸ 入学(　　　　　　　)に必要なお金の準備は大丈夫ですか。

❹ キャンセルできる(　　　　　　　)は２週間前まででですからご注意ください。

Ⅲ [a ～ e]の中から適当な言葉を選んで、(　　)に入れなさい。

a. 直前	b. 定期	c. 締め切り	d. シーズン	e. 期限

❶ このお菓子、賞味(　　　　　　　)が切れているけど、食べても大丈夫でしょう。

❷ 北海道へ旅行に行きたいんですが、ベスト(　　　　　　　)はいつですか。

❸ レポートを出す(　　　　　　　)の日は明日です。

❹ 熱中症にならないように、(　　　　　　　)的に水分を摂ってください。

4 住居(じゅうきょ) (1) 住房 (1)

Track 04

◆ 家(いえ)、住(す)む 住家、居住

引(ひ)っ越(こ)し	名 搬家，遷居
マンション【mansion】	名 公寓大廈；(高級)公寓
留守番(るすばん)	名 看家，看家人
和(わ)	名 日本
我(わ)が	連體 我的，自己的，我們的
清潔(せいけつ)	名·形動 乾淨的，清潔的；廉潔；純潔
帰宅(きたく)	名·自サ 回家
軒(けん)・軒(げん)	漢造 軒昂，高昂；屋簷；表房屋數量，書齋，商店等雅號
畳(じょう)	接尾·漢造 (計算草蓆、席墊)塊，疊；重疊
移(うつ)す	他五 移，搬；使傳染；度過時間
暮(く)らす	自他五 生活，度日
過(す)ごす	他五·接尾 度(日子、時間)，過生活；過度，過量；放過，不管

◆ 家(いえ)の外側(そとがわ) 住家的外側

ベランダ【veranda】	名 陽台；走廊
屋根(やね)	名 屋頂
ノック【knock】	名·他サ 敲打；(來訪者)敲門；打球
ロック【lock】	名·他サ 鎖，鎖上，閉鎖
閉(と)じる	自上一 閉，關閉；結束
破(やぶ)る	他五 弄破；破壞；違反；打敗；打破(記錄)

活用句庫

例 会社の近くのマンションに引っ越しすることにしました。	我決定搬到公司附近的公寓了。
例 贅沢な部屋は不要です。ただ清潔なベッドが欲しいだけなんです。	我不需要豪華的房間，只想要一張乾淨的床而已。
例 丘の上からは、赤や青の小さな屋根が行儀よく並んでいるのが見えました。	從山丘上可以看到紅色和藍色的小屋頂整齊的排列著。

練　習

Ⅰ [a～e]の中から適当な言葉を選んで、(　　)に入れなさい。

a. ロック	b. ベランダ	c. マンション	d. ノック	e. ライト

❶ この辺りはタワー（　　　　　　）が並んでいますね。

❷ 部屋の(　　　　　　)で煙草を吸うのは違反ではないでしょうか。

❸ 面接で部屋に入る時、(　　　　　　)は何回しますか。

❹ この車は自動ドア(　　　　　　)機能があります。

Ⅱ [a～e]の中から適当な言葉を選んで、(　　)に入れなさい。（必要なら形を変えなさい）

a. 過ごす	b. 暮らす	c. 移す	d. 破る	e. 閉じる

❶ この花の鉢は日の当たる所に(　　　　　　)ましょう。

❷ 仕事のために、私は都内に一人で(　　　　　　)います。

❸ 私が子ども時代を(　　　　　　)のは九州の山間部でした。

❹ 教科書を(　　　　　　)、私の後について言ってください。

Ⅲ [a～e]の中から適当な言葉を選んで、(　　)に入れなさい。

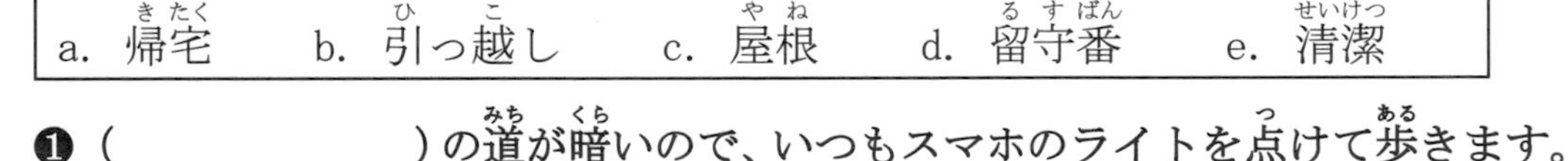

a. 帰宅	b. 引っ越し	c. 屋根	d. 留守番	e. 清潔

❶ (　　　　　　)の道が暗いので、いつもスマホのライトを点けて歩きます。

❷ 出かけるが、家には子ども一人だけになるので、(　　　　　　)をさせるのは不安です。

❸ 沖縄の赤い(　　　　　　)はきれいなだけではなく、台風にも強いです。

❹ テレワークになったので、郊外への(　　　　　　)を考え始めました。

5 住居（2） 住房（2）

Track 05

◆ 部屋、設備　房間、設備

單字	解釋
間取り（まどり）	名（房子的）房間佈局，採間，平面佈局
居間（いま）	名 客廳，起居室
リビング【living】	名 客廳，起居間，生活間
寝室（しんしつ）	名 寢室
キッチン【kitchen】	名 廚房
ダイニング【dining】	名 餐廳（「ダイニングルーム」之略稱）；吃飯，用餐；西式餐館
風呂（場）（ふろ（ば））	名 浴室，洗澡間，浴池
洗面所（せんめんじょ）	名 化妝室，廁所
飾り（かざり）	名 裝飾（品）
棚（たな）	名（放置東西的）隔板，架子，棚
天井（てんじょう）	名 天花板
柱（はしら）	名・接尾（建）柱子；支柱；（轉）靠山
ブラインド【blind】	名 百葉窗，窗簾，遮光物
毛布（もうふ）	名 毛毯，毯子
床（ゆか）	名 地板
暖まる（あたたまる）	自五 暖，暖和；感到溫暖；手頭寬裕
効く（きく）	自五 有效，奏效；好用，能幹；可以，能夠；起作用；（交通工具等）通，有
詰まる（つまる）	自五 擠滿，塞滿；堵塞，不通；窘困，窘迫；縮短，緊小；停頓，擱淺
弱める（よわめる）	他下一 減弱，削弱

活用句庫

例 残業で疲れて帰ると、居間のソファーで寝ちゃうんですよね。
加班後疲憊不堪地回到家裡，就這樣在客廳的沙發上睡著了吧。

例 教会の高い天井を見上げると、驚くほど美しい絵が描かれていました。
當我抬頭望向教堂高聳的天花板時，才發現上面畫了一幅令人驚嘆的美麗圖畫。

例 もう朝か。ブラインドが閉まっていて、気がつきませんでした。
已經天亮了啊。百葉窗關著，所以都沒察覺。

練　習

I [a～e]の中から適当な言葉を選んで、(　　)に入れなさい。

a. ダイニング　b. ブラインド　c. キッチン　d. リビング　e. ミシン

❶ (　　　　　　)の換気扇は油汚れが付きやすいです。
❷ 鈴木さんの家の(　　　　　　)ルームは広く、大勢でパーティーができます。
❸ まぶしいから(　　　　　　)を下ろしてくれませんか。
❹ 快適な(　　　　　　)のポイントは、ソファとテレビの大きさと位置です。

II [a～e]の中から適当な言葉を選んで、(　　)に入れなさい。(必要なら形を変えなさい)

a. 弱まる　b. 暖まる　c. 詰まる　d. 弱める　e. 効く

❶ 外は寒かったでしょ。少しここで(　　　　　　)なさいよ。
❷ 最近売上げが伸びているねえ。新しい宣伝が(　　　　　　)きたかなあ。
❸ トイレが(　　　　　　)、困っているんですが、すぐに来てもらえませんか。
❹ 台風は夕方上陸した後、だんだん勢力が(　　　　　　)でしょう。

III [a～e]の中から適当な言葉を選んで、(　　)に入れなさい。

a. 間取り　b. 洗面所　c. 床　d. 寝室　e. 天井

❶ 夜リラックスできるように、(　　　　　　)の照明を間接照明に変えました。
❷ (　　　　　　)からぽたぽたと水が落ちて来たが、雨漏りしているのでしょうか。
❸ この部屋は(　　　　　　)は良く、子育て世代に適しています。
❹ 部屋をきれいに見せる方法は、(　　　　　　)に物を置かないことです。

6 食事（しょくじ）(1) 用餐(1)

Track 06

◆ 食事（しょくじ）、味（あじ） 用餐、味道

脂（あぶら）	名 脂肪，油脂；（喻）活動力，幹勁
食後（しょくご）	名 飯後，食後
食前（しょくぜん）	名 飯前
マナー【manner】	名 禮貌，規矩；態度舉止，風格
メニュー【menu】	名 菜單
ランチ【lunch】	名 午餐
酸（す）っぱい	形 酸，酸的
うまい	形 味道好，好吃；想法或做法巧妙，擅於；非常適宜，順利
下（さ）げる	他下一 向下；掛；收走
冷（さ）める	自下一 （熱的東西）變冷，涼；（熱情、興趣等）降低，減退

◆ 調理（ちょうり）、料理（りょうり）、クッキング 調理、菜餚、烹調

低（てい）	名·漢造 （位置）低；（價格等）低；變低
炊（た）く	他五 點火，燒著；燃燒；煮飯，燒菜
炊（た）ける	自下一 燒成飯，做成飯
煮（に）える	自下一 煮熟，煮爛；水燒開；固體融化（成泥狀）；發怒，非常氣憤
煮（に）る	自五 煮，燉，熬
沸（わ）く	自五 煮沸，煮開；興奮
蒸（む）す	他五·自五 蒸，熱（涼的食品）；（天氣）悶熱
茹（ゆ）でる	他下一 （用開水）煮，燙
冷（ひ）やす	他五 使變涼，冰鎮；（喻）使冷靜
剥（む）く	他五 剝，削
割（わ）る	他五 打，劈開；用除法計算
強（つよ）める	他下一 加強，增強
揚（あ）げる	他下一 炸，油炸；舉，抬；提高；進步
温（あたた）める	他下一 溫，熱；擱置不發表
溢（こぼ）す	他五 灑，漏，溢（液體），落（粉末）；發牢騷，抱怨

活用句庫

例「すみません、飲み物のメニューを頂けますか。」「はい、お待ちください。」

「不好意思，可以給我飲料的菜單嗎？」「好的，請稍等。」

例 やっぱりウール100パーセントの毛布は暖かいなあ。

百分之百的羊毛毯果然很暖和啊！

例 彼は食事のマナーはいいんですが、食事中の会話がつまらないんです。

雖說他的用餐禮儀良好，但吃飯時聊的內容很無趣。

練習

I [a～e]の中から適当な言葉を選んで、(　　)に入れなさい。(必要なら形を変えなさい)

a. 冷める	b. 冷やす	c. 温める	d. 下げる	e. 温まる

❶ この文は難しいですから、もう少しレベルを(　　　　　　)ください。

❷ 早く食べないと、(　　　　　　)しまいますよ。

❸ 寒い日はお風呂に入って、しっかり体を(　　　　　　)ましょう。

❹ ここのチーズケーキは冷蔵庫で1時間ぐらい(　　　　　　)食べたほうがおいしいですよ。

II [a～e]の中から適当な言葉を選んで、(　　)に入れなさい。(必要なら形を変えなさい)

a. 溢す	b. 炊く	c. 揚げる	d. 煮える	e. 炊ける

❶ この店のAランチは、健康に悪い(　　　　　　)物ばかりです。

❷ お喋りしながら食べると、ご飯を(　　　　　　)しまいます。

❸ ご飯を(　　　　　　)のを忘れていました。お弁当、買って来ますね。

❹ ご飯が(　　　　　　)ら、すぐ混ぜてくださいね。

III [a～e]の中から適当な言葉を選んで、(　　)に入れなさい。(必要なら形を変えなさい)

a. 蒸す	b. 沸く	c. 剥く	d. 茹でる	e. 割る

❶ 最近のブドウには皮を(　　　　　　)で、そのまま食べられるものもあります。

❷ 大根は水から(　　　　　　)らおいしいですよ。

❸ 日本茶のうち煎茶はお茶の葉を蒸気で(　　　　　　)作ります。

❹ コーヒーを飲みたいので、お湯が(　　　　　　)ら教えてください。

7 食事（2） 用餐（2）

Track 07

◆ 食べる 食物

油（あぶら）	名 脂肪，油脂
食料（しょくりょう）	名 食品，食物
食糧（しょくりょう）	名 食糧，糧食
インスタント【instant】	名·形動 即席，稍加工即可的，速成
ファストフード【fast food】	名 速食
饂飩（うどん）	名 烏龍麵條，烏龍麵
丼（どんぶり）	名 大碗公；大碗蓋飯
弁当（べんとう）	名 便當，飯盒
粥（かゆ）	名 粥，稀飯
皮（かわ）	名 皮，表皮；皮革
ケチャップ【ketchup】	名 蕃茄醬
マヨネーズ【mayonnaise】	名 美乃滋，蛋黃醬
ドレッシング【dressing】	名 調味料，醬汁；服裝，裝飾
ソース【sauce】	名（西餐用）調味醬
胡椒（こしょう）	名 胡椒
酒（さけ）	名 酒（的總稱），日本酒，清酒
酒（しゅ）	漢造 酒
ビール【（荷）bier】	名 啤酒
ワイン【wine】	名 葡萄酒；水果酒；洋酒
ジュース【juice】	名 果汁，汁液，糖汁，肉汁
茶（ちゃ）	名·漢造 茶；茶樹；茶葉；茶水
ミルク【milk】	名 牛奶；煉乳
酢（す）	名 醋
味噌汁（みそしる）	名 味噌湯
スープ【soup】	名 湯（多指西餐的湯）
チーズ【cheese】	名 起司，乳酪
チップ（ス）【chips】	名（削木所留下的）片屑；洋芋片
ガム【（英）gum】	名 口香糖；樹膠
デザート【dessert】	名 餐後點心，甜點（大多泛指較西式的甜點）
アイスクリーム【ice cream】	名 冰淇淋
オレンジ【orange】	名 柳橙，柳丁；橙色
生（なま）	名·形動（食物沒有煮過、烤過）生的；直接的，不加修飾的；不熟練，不到火候
新鮮（しんせん）	名·形動（食物）新鮮；清新乾淨；新穎，全新
腐る（くさる）	自五 腐臭，腐爛；金屬鏽，腐朽；墮落，腐敗；消沉，氣餒
混ぜる（まぜる）	他下一 混入；加上，加進；攪，攪拌

活用句庫

例 インスタントカメラで写真を撮って、店に来たお客さんにプレゼントしています。
用拍立得拍照，並將相片送給顧客當禮物。

例 コーヒーと紅茶、オレンジジュースがありますが、何になさいますか。
有咖啡、紅茶跟柳橙汁，請問您想喝哪一種呢？

例 餃子の皮に果物を包んで揚げるお菓子が流行っています。
現在很流行在餃子皮裡包入水果餡後油炸的甜點。

練　習

Ⅰ [a～e]の中から適当な言葉を選んで、(　　)に入れなさい。

a. インスタント	b. マヨネーズ	c. チップス	d. ケチャップ
e. ファストフード			

❶ (　　　　　　)のコーヒーでも、入れ方によって味が変わります。

❷ トマトをたくさんもらったので、(　　　　　　)を作ってみたら、簡単でした。

❸ ジャガイモを薄く切って揚げたポテト(　　　　　　)は、姉の得意料理です。

❹ 駅前は、古い店がなくなって、(　　　　　　)の店が多くなりました。

Ⅱ [a～e]の中から適当な言葉を選んで、(　　)に入れなさい。

a. ガム	b. 酢	c. 食料	d. 胡椒	e. うどん

❶ (　　　　　　)は世界四大スパイスの一つです。

❷「昼ご飯は(　　　　　　)とそば、どっちがいい。」「僕はそばかな。」

❸ デパートの(　　　　　　)品売り場で、餃子を売っています。

❹ タバコを止める代わりに、よく(　　　　　　)を噛んでいます。

Ⅲ [a～e]の中から適当な言葉を選んで、(　　)に入れなさい。

a. 生	b. 油	c. 皮	d. 丼	e. 粥

❶ 天ぷらを揚げる時は、(　　　　　　)の温度に注意してください。

❷ 台湾へ行ったら、朝ご飯の店でお(　　　　　　)を食べてみたいです。

❸ レモンの(　　　　　　)は捨てないで、キッチンの掃除などに利用しましょう。

❹ これなら(　　　　　　)物だけでなく麺やご飯、スープを食べる時などにも使えますね。

8 衣服（いふく） 衣服

Track 08

◆ 衣服（いふく）、洋服（ようふく）、和服（わふく） 衣服、西服、和服

襟（えり）	名（衣服的）領子；脖頸，後頸；（西裝的）硬領
オーバー(コート)【overcoat】	名 大衣，外套，外衣
ジーンズ【jeans】	名 牛仔褲
ジャケット【jacket】	名 外套，短上衣；唱片封面
裾（すそ）	名 下擺，下襟；山腳；（靠近頸部的）頭髮
制服（せいふく）	名 制服
袖（そで）	名 衣袖；（桌子）兩側抽屜，（大門）兩側的廳房，舞台的兩側，飛機（兩翼）
タイプ【type】	名·他サ 型，形式，類型；典型，榜樣，樣本，標本；（印）鉛字，活字；打字（機）
ティーシャツ【T-shirt】	名 圓領衫，T 恤
パンツ【pants】	名 內褲；短褲；運動短褲
パンプス【pumps】	名 女用的高跟皮鞋，淑女包鞋
ブラウス【blouse】	名（多半為女性穿的）罩衫，襯衫
ぼろぼろ	名·副·形動（衣服等）破爛不堪；（粒狀物）散落貌
ぴったり	副·自サ 緊緊地，嚴實地；恰好，正適合；說中，猜中

◆ 着る（きる）、装身具（そうしんぐ） 穿戴、服飾用品

ソックス【socks】	名 短襪
ストッキング【stocking】	名 褲襪；長筒襪
スニーカー【sneaker(s)】	名 球鞋，運動鞋
草履（ぞうり）	名 草履，草鞋
ハイヒール【high heel】	名 高跟鞋
ネックレス【necklace】	名 項鍊
バッグ【bag】	名 手提包
ベルト【belt】	名 皮帶；（機）傳送帶；（地）地帶
ヘルメット【helmet】	名 安全帽；頭盔，鋼盔
マフラー【muffler】	名 圍巾；（汽車等的）滅音器
スカーフ【scarf】	名 圍巾，披肩；領結
着替え（きがえ）	名·自サ 換衣服；換洗衣物
着替える（きがえる）・着替える（きかえる）	他下一 換衣服
通す（とおす）	他五·接尾 穿通，貫穿；滲透，透過；連續，貫徹；（把客人）帶到裡面；一直，連續，…到底

活用句庫

例 仕事で履くので、歩き易いパンプスを探しています。
我想買一雙工作用的好穿包鞋。

例 このドレスに合うネックレスが欲しいのですが。
我想找可以搭配這件洋裝的項鍊。

例 ズボンが緩いので、ベルトを締めないと落ちてきてしまいます。
因為褲子很鬆，所以如果沒繫腰帶就會掉下來。

8 衣服

練　習

I [a～e]の中から適当な言葉を選んで、(　　)に入れなさい。

a. 裾	b. 袖	c. パンプス	d. 襟	e. 制服

❶ シャツの(　　　　　　)がきついので、第一ボタンを外しました。

❷ ズボンの(　　　　　　)を上げたい時、このテープを使うと便利です。

❸ (　　　　　　)が好きだから、この学校に決めました。

❹ 初めて会社に行く日は、黒の(　　　　　　)を穿いて行きます。

II [a～e]の中から適当な言葉を選んで、(　　)に入れなさい。

a. ばらばら	b. ぼろぼろ	c. ぴかぴか	d. ぴったり	e. ふわふわ

❶ 吉岡さんはいつも約束の時間(　　　　　　)にやって来ます。

❷ 15年前に買った車が(　　　　　　)になったので、今年こそ新車を買いたいです。

❸ テレビで「タオルを(　　　　　　)にする洗濯方法」を紹介していました。

❹ 友達が(　　　　　　)光るダイヤモンドの婚約指輪を見せてくれました。

III [a～e]の中から適当な言葉を選んで、(　　)に入れなさい。

a. ハイヒール	b. スカーフ	c. ベルト	d. ヘルメット	e. ジーンズ

❶ 久しぶりに(　　　　　　)を穿いて出かけたら、足が痛くなりました。

❷ (　　　　　　)を洗う時は、白い物と一緒に洗わないほうがいいです。

❸ 食べ過ぎないように、ズボンの(　　　　　　)を締めておきました。

❹ ここは上から物が落ちて来て危ないですから、(　　　　　　)をかぶって入ってください。

9 人体(1) 人體(1)

Track 09

◆ 身体、体 胴體、身體

肩（かた）	名 肩，肩膀；（衣服的）肩
腰（こし）	名·接尾 腰；（衣服、裙子等的）腰身
尻（しり）	名 屁股，臀部；（移動物體的）後方，後面；末尾，最後；（長物的）末端
皮膚（ひふ）	名 皮膚
臍（へそ）	名 肚臍；物體中心突起部分
骨（ほね）	名 骨頭；費力氣的事
胸（むね）	名 胸部；內心
バランス【balance】	名 平衡，均衡，均等
温まる（あたたまる）	自五 暖，暖和；感到心情溫暖
暖める（あたためる）	他下一 使溫暖；重溫，恢復
動かす（うごかす）	他五 移動，挪動，活動；搖動，搖撼；給予影響，使其變化，感動
掛ける（かける）	他下一·接尾 坐；懸掛；蓋上，放上；放在…之上；提交；澆；開動；花費；寄託；鎖上；（數學）乘
剥ける（むける）	自下一 剝落，脫落
揉む（もむ）	他五 搓，揉；捏，按摩；（很多人）互相推擠；爭辯；（被動式型態）錘鍊，受磨練

◆ 顔 臉

顎（あご）	名（上、下）顎；下巴
おでこ	名 凸額，額頭突出（的人）；額頭，額骨
髪の毛（かみのけ）	名 頭髮
唇（くちびる）	名 嘴唇
首（くび）	名 頸部
舌（した）	名 舌頭；說話；舌狀物
額（ひたい）	名 前額，額頭；物體突出部分
頬（ほお）	名 頰，臉蛋
まつ毛（まつげ）	名 睫毛
瞼（まぶた）	名 眼瞼，眼皮
眉毛（まゆげ）	名 眉毛
表情（ひょうじょう）	名 表情；事物的狀態、樣貌
映る（うつる）	自五 映，照；顯得，映入；相配，相稱；照相，映現
黙る（だまる）	自五 沉默，不說話；不理，不聞不問
嗅ぐ（かぐ）	他五（用鼻子）聞，嗅
離す（はなす）	他五 使…離開，使…分開；隔開，拉開距離
見掛ける（みかける）	他下一 看到，看出，看見；開始看

活用句庫

例 肉だけとか野菜だけとかじゃだめ。食事はバランスですよ。	只吃肉或只吃蔬菜都是不行的，必須均衡飲食。
例 皮膚が弱いので、化粧品には気をつけています。	因為我的皮膚不好，所以使用化妝品時總是很謹慎。
例 この映画は、親のいない少年と子馬との心温まる物語です。	這部電影描述的是一名沒有父母的少年和小馬的溫馨故事。

練　習

Ⅰ [a ～ e]の中から適当な言葉を選んで、(　　)に入れなさい。

a. 唇（くちびる）	b. 額（ひたい）	c. 顎（あご）	d. 肩（かた）	e. 骨（ほね）

❶ 大きなあくびをして、(　　　　　　)が外れそうになりました。

❷ (　　　　　　)が丈夫になるように、毎日牛乳を２リットル飲んでいます。

❸ 日本の冬は乾燥しているので、リップクリームを塗らないと、よく(　　　　　　)が乾きます。

❹ 首や(　　　　　　)が凝っていませんか。その原因、実はスマホかもしれません。

Ⅱ [a ～ e]の中から適当な言葉を選んで、(　　)に入れなさい。

a. 頬（ほお）	b. 舌（した）	c. 臍（へそ）	d. 瞼（まぶた）	e. 尻（しり）

❶ 仕事が忙しいからか、目が疲れて(　　　　　　)が重いです。

❷ 長い時間自転車に乗り続けて、お(　　　　　　)が痛くなりました。

❸「おなかのどこが痛いですか。」「お(　　　　　　)の右下が…。」

❹ 少女はお父さんの(　　　　　　)にキスして、「ありがとう。」と言いました。

Ⅲ [a ～ e]の中から適当な言葉を選んで、(　　)に入れなさい。(必要なら形を変えなさい)

a. 掛（か）ける	b. 揉（も）む	c. 黙（だま）る	d. 見（み）かける	e. 剥（む）ける

❶ マラソンの後は、足をよく(　　　　　　)ください。

❷ どう言ったらいいかわからなくて、私は(　　　　　　)ままでいました。

❸ こんな田舎でも外国人をよく(　　　　　　)ようになりました。

❹ その絵はテーブルの上に置いて、この絵はそっちの壁に(　　　　　　)ください。

10 人体（じんたい）(2) 人體 (2)

Track 10

◆ 手足（てあし） 手腳

- **親指**（おやゆび） 名（手腳的）的拇指
- **人差し指**（ひとさしゆび） 名 食指
- **中指**（なかゆび） 名 中指
- **薬指**（くすりゆび） 名 無名指
- **小指**（こゆび） 名 小指頭
- **爪先**（つまさき） 名 腳指甲尖端
- **爪**（つめ） 名（人的）指甲，腳指甲；（動物的）爪；指尖；（用具的）鉤子
- **手首**（てくび） 名 手腕
- **手の甲**（てのこう） 名 手背
- **手の平・掌**（てのひら・てのひら） 名 手掌
- **踵**（かかと） 名 腳後跟
- **足首**（あしくび） 名 腳踝
- **腹**（はら） 名 肚子；心思，內心活動；心情，情緒；心胸，度量；胎內，母體內
- **膝**（ひざ） 名 膝，膝蓋
- **肘**（ひじ） 名 肘，手肘
- **股・腿**（もも・もも） 名 股，大腿
- **歩・歩**（ほ・ぽ） 名・漢造 步，步行；（距離單位）步
- **握手**（あくしゅ） 名・自サ 握手；和解，言和；合作，妥協；會師，會合
- **拍手**（はくしゅ） 名・自サ 拍手，鼓掌
- **埋める**（うめる） 他下一 埋，掩埋；填補，彌補；佔滿
- **押さえる**（おさえる） 他下一 按，壓；扣住，勒住；控制，阻止；捉住；扣留；超群出眾
- **掻く**（かく） 他五（用手或爪）搔，撥；扒，推；攪拌，攪和
- **抱く**（だく） 他五 抱；孵卵；心懷，懷抱
- **叩く**（たたく） 他五 敲，叩；打；詢問，徵求；拍，鼓掌；攻擊，駁斥；花完，用光
- **掴む**（つかむ） 他五 抓，抓住，揪住，握住；掌握到，瞭解到
- **包む**（つつむ） 他五 包裹，打包，包上；蒙蔽，遮蔽，籠罩；藏在心中，隱瞞；包圍
- **繋ぐ**（つなぐ） 他五 拴結，繫；連起，接上；延續，維繫（生命等）
- **直す**（なおす） 他五 修理；改正；治療
- **殴る**（なぐる） 他五 毆打，揍；草草了事
- **鳴らす**（ならす） 他五 鳴，啼，叫；（使）出名；嘮叨；放響屁
- **握る**（にぎる） 他五 握，抓；握飯團或壽司；掌握，抓住；（圍棋中決定誰先下）抓棋子
- **抜く**（ぬく） 自他五・接尾 抽出，拔去；選出，摘引；消除，排除；省去，減少；超越
- **濡らす**（ぬらす） 他五 浸濕，淋濕，沾濕
- **伸ばす**（のばす） 他五 伸展，擴展，放長；延緩（日期），推遲；發展，發揮；擴大，增加；稀釋；打倒

外す	他五 摘下，解開，取下；錯過，錯開；落後，失掉；避開，躲過	曲げる	他下一 彎，曲；歪，傾斜；扭曲，歪曲；改變，放棄；（當舖裡的）典當；偷，竊
振る	他五 揮，搖；撒，丟；（俗）放棄，犧牲（地位等）；謝絕，拒絕；派分；在漢字上註假名；（使方向）偏於	ばらばら（な）	副 分散貌；凌亂，支離破碎的

練　習

I [a ～ e]の中から適当な言葉を選んで、（　　）に入れなさい。

a. 手の甲	b. 爪	c. 肘	d. 腿	e. 腹

❶ 忘れないように、左（　　　　　　）に「宿題」と書きました。

❷ ずいぶん（　　　　　　）が出てきたなあ。ジムでも通おうか。

❸ 大人の（　　　　　　）は 10 日で 1 ミリ伸びるので、二、三週間に 1 回は切ったほうがいいです。

❹ 次は、（　　　　　　）の後ろの筋肉を強くするトレーニングです。

II [a ～ e]の中から適当な言葉を選んで、（　　）に入れなさい。

a. 手首	b. 踵	c. 爪先	d. 薬指	e. 握手

❶ 足の（　　　　　　）が冷えて困る方には、この五本指ソックスがお薦めです。

❷ サンダルの季節が来る前に、（　　　　　　）を柔らかくてきれいにしておきましょう。

❸ 私の国では、結婚指輪は右手の（　　　　　　）にします。

❹ 試合の後で、相手の選手と（　　　　　　）をしました。

III [a ～ e]の中から適当な言葉を選んで、（　　）に入れなさい。（必要なら形を変えなさい）

a. 直す	b. 鳴らす	c. 外す	d. 伸ばす	e. 濡らす

❶ あと 1 日ありますから、ついでに奈良まで足を（　　　　　　）ましょうか。

❷ 地震の訓練で、10 時に非常ベルを（　　　　　　）予定です。

❸ 去年の夏は暑かったので、（　　　　　　）と冷たくなるタオルがよく売れました。

❹ 検査の時は、腕時計やアクセサリーなどを（　　　　　　）ください。

11 生理（1）

生理（現象）（1）

Track 11

◆ 誕生、生命　誕生、生命

一生（いっしょう）	名 一生，終生，一輩子
命（いのち）	名 生命，命；壽命
性（せい）	名·漢造 性別；性慾；本性
生年月日（せいねんがっぴ）	名 出生年月日，生日
誕生（たんじょう）	名·自サ 誕生，出生；成立，創立，創辦
産む（うむ）	他五 生，產

◆ 老い、死　老年、死亡

老い（おい）	名 老；老人
高齢（こうれい）	名 高齡
生前（せいぜん）	名 生前
死後（しご）	名 死後；後事
死亡（しぼう）	名·他サ 死亡
亡くなる（なくなる）	自五 去世，死亡

◆ 発育、健康　發育、健康

栄養（えいよう）	名 營養
身長（しんちょう）	名 身高
歯磨き（はみがき）	名 刷牙；牙膏，牙膏粉；牙刷
体重（たいじゅう）	名 體重
成長（せいちょう）	名·自サ（經濟、生產）成長，增長，發展；（人、動物）生長，發育
世話（せわ）	名·他サ 援助，幫助；介紹，推薦；照顧，照料；俗語，常言
健康（けんこう）	形動 健康的，健全的
起きる（おきる）	自上一（倒著的東西）起來，立起來；起床；不睡；發生
起こす（おこす）	他五 扶起；叫醒；引起
育つ（そだつ）	自五 成長，長大，發育
伸びる（のびる）	自上一（長度等）變長，伸長；（皺摺等）伸展；擴展，到達；（勢力、才能等）擴大，增加，發展
生やす（はやす）	他五 使生長；留（鬍子）

◆ 体の器官の働き　身體器官功能

涙（なみだ）	名 淚，眼淚；哭泣；同情
血液（けつえき）	名 血，血液
臭い（くさい）	形 臭
零れる（こぼれる）	自下一 灑落，流出；溢出，漾出；（花）掉落
誘う（さそう）	他五 約，邀請，勸誘；誘惑，勾引；引誘，引起
含む（ふくむ）	他五·自四 含（在嘴裡）；帶有，包含；瞭解，知道；含蓄；懷（恨）；鼓起；（花）含苞

活用句庫

例 体重は気になるけど、甘い物はなかなかやめられません。	我很在意體重，但又遲遲無法戒掉甜食。
例 日本には、七五三という子どもの成長を祝う伝統行事があります。	在日本，有所謂「七五三」的慶祝孩子成長的傳統活動。
例 血液検査で異常が見つかりました。再検査をしてください。	在血液檢查項目中發現了異狀。請再接受一次檢查。

練習

I [a ～ e]の中から適当な言葉を選んで、（　　）に入れなさい。

a. 性	b. 涙	c. 生前	d. 命	e. 老い

❶ 父と母からもらった（　　　　　　）を大切にして、力強く生きていきたいです。

❷（　　　　　　）を感じさせない、元気な70代80代のお年寄りが増えてきました。

❸ 祖母の（　　　　　　）にはお見舞い頂きまして、ありがとうございます。

❹ タマネギを切ると（　　　　　　）が出てきて、料理ができなくなります。

II [a ～ e]の中から適当な言葉を選んで、（　　）に入れなさい。

a. 世話	b. 身長	c. 栄養	d. 歯磨き	e. 一生

❶ 生まれたばかりの赤ちゃんの（　　　　　　）は約50センチで、1年間で1.5倍に伸びると言われています。

❷（　　　　　　）に1度でいいから、本物の恋がしてみたいです。

❸ 疲れたと感じた時は、（　　　　　　）のあるものを食べて、早く寝ることにしています。

❹ 1回の（　　　　　　）の時間は10分、丁寧に磨きましょう。

III [a ～ e]の中から適当な言葉を選んで、（　　）に入れなさい。（必要なら形を変えなさい）

a. 含む	b. 誘う	c. 起きる	d. 生やす	e. 零れる

❶ 芝生をきれいに（　　　　　　）方法をネットで調べました。

❷ 明日の夜はちょっと…。また今度（　　　　　　）ください。

❸ こちらの料金に税金とサービス料は（　　　　　　）おりません。

❹ 仕事がある日は7時前に（　　　　　　）しまうが、休日は昼まで寝ています。

12 生理（せいり）(2)

生理(現象)(2)

Track 12

◆ 体調（たいちょう）、体質（たいしつ）　身體狀況、體質

体力（たいりょく）	名 體力
調子（ちょうし）	名（音樂）調子，音調；語調，聲調，口氣；格調，風格；情況，狀況
疲れ（つかれ）	名 疲勞，疲乏，疲倦
検査（けんさ）	名·他サ 檢查，檢驗
しゃっくり	名·自サ 打嗝
発達（はったつ）	名·自サ（身心）成熟，發達；擴展，進步；（機能）發達，發展
変化（へんか）	名·自サ 變化，改變；（語法）變形，活用
可笑しい（おかしい）	形 奇怪，可笑；不正常
痒い（かゆい）	形 癢的
渇く（かわく）	自五 渴，乾渴；渴望，內心的要求
抜ける（ぬける）	自下一 脫落，掉落；遺漏；脫；離，離開，消失，散掉；溜走，逃脫
眠る（ねむる）	自五 睡覺；埋藏
弱まる（よわまる）	自五 變弱，衰弱
覚ます（さます）	他五（從睡夢中）弄醒，喚醒；（從迷惑、錯誤中）清醒，醒酒；使清醒，使覺醒
覚める（さめる）	自下一（從睡夢中）醒，醒過來；（從迷惑、錯誤、沉醉中）醒悟，清醒
どきどき	副·自サ（心臟）撲通撲通地跳，七上八下
ぐっすり	副 熟睡，酣睡

◆ 病気（びょうき）、治療（ちりょう）　疾病、治療

ウイルス【virus】	名 病毒，濾過性病毒
症状（しょうじょう）	名 症狀
状態（じょうたい）	名 狀態，情況
防（ぼう）	漢造 防備，防止；堤防
予防（よぼう）	名·他サ 預防
手術（しゅじゅつ）	名·他サ 手術
ダウン【down】	名·自他サ 下，倒下，向下，落下；下降，減退；（棒）出局；（拳擊）擊倒
治療（ちりょう）	名·他サ 治療，醫療，醫治
包帯（ほうたい）	名·他サ（醫）繃帶
かかる	自五 生病；遭受災難
冷ます（さます）	他五 冷卻，弄涼；（使熱情、興趣）降低，減低
治す（なおす）	他五 醫治，治療
巻く（まく）	自五·他五 形成漩渦；喘不上氣來；捲；纏繞；上發條；捲起；包圍；（登山）迂迴繞過險處；（連歌，俳諧）連吟
診る（みる）	他上一 診察
傷める（いためる）・痛める（いためる）	他下一 使（身體）疼痛，損傷；使（心裡）痛苦

活用句庫

例 1週間ほど入院して、詳しく検査することをお勧めします。 建議您住院一星期左右進行詳細的檢查。

例 企業も時代にあわせて変化していかなければなりません。 企業也必須隨著時代的脈動而有所改變才行。

例 食品などを冷やした状態で運んでくれる宅配便があります。 有一種快遞可以在冷凍狀態下運送食品。

練 習

I [a ～ e]の中から適当な言葉を選んで、（　　）に入れなさい。

a. 包帯	b. ウイルス	c. 調子	d. ダウン	e. しゃっくり

❶ 坂本選手は今年も（　　　　　）が良さそうだから、ファンは楽しみですね。

❷（　　　　　）が止まらなくて困ったことがありますか。

❸ この看護師さんは（　　　　　）を巻くのがとても上手です。

❹ 風邪対策は手洗いからです。石鹸でよく（　　　　　）を洗い流しましょう。

II [a ～ e]の中から適当な言葉を選んで、（　　）に入れなさい。（必要なら形を変えなさい）

a. 治す	b. 抜ける	c. 渇く	d. 冷ます	e. 眠る

❶ 緊張すると喉が（　　　　　）のは何ででしょうか。

❷ あれ、タイヤの空気が（　　　　　）います。この近くに自転車屋さんはありませんか。

❸ 牛や馬などは立ったまま（　　　　　）そうです。

❹ ご飯は（　　　　　）からお弁当箱に入れましょう。

III [a ～ e]の中から適当な言葉を選んで、（　　）に入れなさい。（必要なら形を変えなさい）

a. 覚ます	b. 覚める	c. 巻く	d. 診る	e. 痛める

❶ 太陽を直接見たら目を（　　　　　）ので、この眼鏡を使ってください。

❷ 外はちょっと寒そうです。首にスカーフを（　　　　　）行きましょう。

❸ 今朝は目覚まし時計が鳴る前に、目が（　　　　　）しまいました。

❹ ちょっとした風邪だと思うけど、医者に（　　　　　）もらったほうがいいですよ。

13 人物（1） 人物（1）

Track 13

◆ 人物、老若男女 人物、男女老少

ミス【Miss】	名 小姐，姑娘
少女（しょうじょ）	名 少女，小姑娘
少年（しょうねん）	名 少年
青年（せいねん）	名 青年，年輕人
若者（わかもの）	名 年輕人，青年
成人（せいじん）	名·自サ 成年人；成長，（長大）成人
中年（ちゅうねん）	名 中年
中高年（ちゅうこうねん）	名 中年和老年，中老年
年上（としうえ）	名 年長，年歲大（的人）
年寄り（としより）	名 老人；（史）重臣，家老；（史）村長；（史）女管家；（相撲）退休的力士，顧問
老人（ろうじん）	名 老人，老年人
目上（めうえ）	名 上司；長輩
現す（あらわす）	他五 現，顯現，顯露

◆ 容姿 姿容

イメージ【image】	名 影像，形象，印象
美人（びじん）	名 美人，美女
お洒落（しゃれ）	名·形動 打扮漂亮，愛漂亮的人
派手（はで）	名·形動（服裝等）鮮艷的，華麗的；（為引人注目而動作）誇張，做作
化粧（けしょう）	名·自サ 化妝，打扮；修飾，裝飾，裝潢
格好いい（かっこう）	連語·形（俗）真棒，真帥，酷（口語用「かっこいい」）
そっくり	形動·副 一模一樣，極其相似；全部，完全，原封不動
似合う（にあ）	自五 合適，相稱，調和

◆ 親族 親屬

長女（ちょうじょ）	名 長女，大女兒
長男（ちょうなん）	名 長子，大兒子
夫婦（ふうふ）	名 夫婦，夫妻
孫（まご）	名·造語 孫子；隔代，間接
名字（みょうじ）・苗字（みょうじ）	名 姓，姓氏
姪（めい）	名 姪女，外甥女
従兄弟（いとこ）・従姉妹（いとこ）	名 堂表兄弟姊妹
離婚（りこん）	名·自サ（法）離婚
一体（いったい）	名·副 一體，同心合力；一種體裁；根本，本來；大致上；到底，究竟
代（だい）	名·漢造 代，輩；一生，一世；代價
揺らす（ゆ）	他五 搖擺，搖動
家（け）	接尾 家，家族
持ち（も）	接尾 負擔，持有，持久性

活用句庫

例 社長室の壁には、バレエを踊る少女の絵が掛かっています。	社長辦公室的牆壁上，掛著一幅芭蕾舞少女的畫。
例 あの子はあんな派手な格好をしているけど、仕事はすごく真面目ですよ。	她雖然打扮得很浮誇，但是工作起來非常認真哦！
例 あなたは化粧などしなくても、そのままで十分きれいです。	妳根本不必化妝，現在這樣就已經很漂亮了。

練 習

I [a～e]の中から適当な言葉を選んで、(　　)に入れなさい。

a. 年上	b. 姪	c. 中年	d. 若者	e. 美人

❶ あのプロ野球選手は、5歳(　　　　　　)の女性と結婚しました。

❷ 高校生などの(　　　　　　)たちに人気のあの漫画が、ついに映画になりました。

❸ まあ、可愛い。この子は大人になったらきっと(　　　　　　)になるわね。

❹ お正月に姉の家族がやって来たので、(　　　　　　)にお年玉をあげました。

II [a～e]の中から適当な言葉を選んで、(　　)に入れなさい。

a. 名字	b. 目上	c. いとこ	d. 年寄り	e. 少年

❶ お(　　　　　　)に優しい社会は、みんなに優しい社会です。

❷ 小学生の頃、夏には伯父の家に泊まりに行って、(　　　　　　)と一緒に遊んだものです。

❸ 日本で最も人口が多い(　　　　　　)は「佐藤」です。

❹「ご苦労様」は(　　　　　　)の人に使ったら失礼になりますよ。

III [a～e]の中から適当な言葉を選んで、(　　)に入れなさい。

a. 一体	b. 孫	c. ミス	d. イメージ	e. 夫婦

❶ (　　　　　　)コンテストは独身じゃなきゃ出られませんか。

❷ 長い間一緒に暮らした(　　　　　　)は、顔も似てくるそうです。

❸「まだ50じゃないでしょ。」「いやだ、もう(　　　　　　)が4人もいるんですよ。」

❹ トイレが汚いと、お店の(　　　　　　)が悪くなります。

14 人物（2） 人物（2）

Track 14

◆ いろいろな人を表すことば 各種人物的稱呼

妹さん（いもうと）	名 妹妹，令妹（「妹」的鄭重說法）
お孫さん（まご）	名 孫子，孫女，令孫（「孫」的鄭重說法）
息子さん（むすこ）	名（尊稱他人的）令郎
グループ【group】	名（共同行動的）集團，夥伴；組，幫，群
恋人（こいびと）	名 情人，意中人
後輩（こうはい）	名 後來的同事，（同一學校）後班生；晚輩，後生
高齢者（こうれいしゃ）	名 高齡者，年高者
個人（こじん）	名 個人
詩人（しじん）	名 詩人
主人（しゅじん）	名 家長，一家之主；丈夫，外子；主人；東家，老闆，店主
職人（しょくにん）	名 工匠
友人（ゆうじん）	名 友人，朋友
知り合い（しりあい）	名 熟人，朋友
スター【star】	名（影劇）明星，主角；星狀物，星
団（だん）	漢造 團，圓團；團體
団体（だんたい）	名 團體，集體
独身（どくしん）	名 單身
アマチュア【amateur】	名 業餘愛好者；外行
ベテラン【veteran】	名 老手，內行
ボランティア【volunteer】	名 志願者，志工
本人（ほんにん）	名 本人
家主（やぬし）	名 房東，房主；戶主
幼児（ようじ）	名 學齡前兒童，幼兒
リーダー【leader】	名 領袖，指導者，隊長
女（じょ）	名・漢造（文）女兒；女人，婦女
長（ちょう）	名・漢造 長，首領；長輩；長處
家（か）	漢造 家庭；家族；專家
者（しゃ）	漢造 者，人；（特定的）事物，場所
手（しゅ）	漢造 手；親手；專家；有技藝或資格的人
殿（どの）	接尾（前接姓名等）表示尊重（書信用，多用於公文）
等（ら）	接尾（表示複數）們；（同類型的人或物）等

活用句庫

㊀ 私は1度も結婚したことがないのに、友人はもう2回も離婚しています。
我從來沒結過婚，但我朋友已經離兩次婚了。

㊀ 突然会社を辞めるなんて、一体何があったんですか。
怎麼突然向公司辭職了，究竟發生了什麼事啊？

㊀ 春の風が、公園に咲く花を揺らして、通り過ぎて行きました。
春風輕輕拂過，公園裡綻放的花朵隨之搖曳。

練　習

Ⅰ [a～e]の中から適当な言葉を選んで、(　　)に入れなさい。

a. 個人	b. 本人	c. 恋人	d. 職人	e. 主人

❶ 私は野球のような団体のスポーツより、テニスのような(　　　　　　)のスポーツのほうが好きです。

❷ ここにある着物は京都の(　　　　　　)さんが作ったものです。

❸ この郵便はご(　　　　　　)様にしかお渡しすることができません。

❹ お宅のご(　　　　　　)は料理がお上手でいいですね。うちの(　　　　　　)の料理なんて食べられませんよ。

Ⅱ [a～e]の中から適当な言葉を選んで、(　　)に入れなさい。

a. アマチュア	b. ベテラン	c. ボランティア	d. スター	e. グループ

❶ ドライバー歴30年というと、(　　　　　　)ドライバーですね。

❷ 定年退職したら、病院で週に3日ぐらい(　　　　　　)をしたいです。

❸ この民宿は8人まで泊まれるから、(　　　　　　)旅行にぴったりです。

❹ 有名なテレビ番組をきっかけに、彼女は(　　　　　　)への道を進むことに成功しました。

Ⅲ [a～e]の中から適当な言葉を選んで、(　　)に入れなさい。

a. 詩人	b. 幼児	c. 家主	d. リーダー	e. 知り合い

❶ 見て、お星さまがいっぱい！星座を考えた人って(　　　　　　)だね。

❷ 子どもは(　　　　　　)より友達が多く、大人は友達より(　　　　　　)が多いです。

❸ (　　　　　　)に3か月以内に出てくれと言われて、困っています。

❹ こんな時こそ(　　　　　　)が先頭に立って頑張って欲しいです。

15 人物（じんぶつ）(3)　人物 (3)

Track 15

◆ 態度（たいど）、性格（せいかく）　態度、性格

敬意（けいい）	名 尊敬對方的心情，敬意
性格（せいかく）	名（人的）性格，性情；（事物的）性質，特性
性質（せいしつ）	名 性格，性情；（事物）性質，特性
態度（たいど）	名 態度，表現；舉止，神情，作風
能力（のうりょく）	名 能力；（法）行為能力
やる気（き）	名 幹勁，想做的念頭
意地悪（いじわる）	名・形動 使壞，刁難，作弄
悪戯（いたずら）	名・形動 淘氣，惡作劇；玩笑，消遣
けち	名・形動 吝嗇、小氣（的人）；卑賤，簡陋，心胸狹窄，不值錢
正直（しょうじき）	名・形動・副 正直，老實
苦手（にがて）	名・形動 棘手的人或事；不擅長的事物
優秀（ゆうしゅう）	名・形動 優秀
わがまま	名・形動 任性，放肆，肆意
乱暴（らんぼう）	名・形動・自サ 粗暴，粗魯；蠻橫，不講理；胡來，胡亂，亂打人
馬鹿（ばか）	名・接頭 愚蠢，糊塗；無聊，無意義
お辞儀（じぎ）	名・自サ 行禮，鞠躬，敬禮；客氣
努力（どりょく）	名・自サ 努力
苛々（いらいら）	名・副・他サ 情緒急躁、不安；焦急，急躁
通（つう）	名・形動・接尾・漢造 精通，內行，專家；通曉人情世故，通情達理；暢通；（助數詞）封，件，紙；穿過；往返；告知；貫徹始終
大人（おとな）しい	形 老實，溫順；（顏色等）樸素，雅致
固（かた）い・硬（かた）い・堅（かた）い	形 硬的，堅固的；堅決的；生硬的；嚴謹的，頑固的；一定，包准；可靠的
消極的（しょうきょくてき）	形動 消極的
積極的（せっきょくてき）	形動 積極的
慌（あわ）てる	自下一 驚慌，急急忙忙，匆忙，不穩定
悩（なや）む	自五 煩惱，苦惱，憂愁；感到痛苦
うっかり	副・自サ 不注意，不留神；發呆，茫然
はっきり	副・自サ 清楚；直接了當
そっと	副 悄悄地，安靜的；輕輕的；偷偷地；照原樣不動的
きちんと	副 整齊，乾乾淨淨；恰好，洽當；如期，準時；好好地，牢牢地
振（ぶ）り	造語 樣子，狀態
様（よう）	造語・漢造 樣子，方式；風格；形狀

活用句庫

例 君は仕事はできるのに、態度が悪いから、損をしてますよ。
你工作能力很好，但是態度不佳，這樣很吃虧哦。

例 彼には学歴はないが、それ以上の才能とやる気があります。
他雖然沒有學歷，但有超越學歷的才能和幹勁。

例 トップ選手と言われる人はみんな、努力をする才能があります。
被稱作王牌選手的人，各個都堅持貫徹永不放棄的精神。

練　習

Ⅰ [a～e]の中から適当な言葉を選んで、(　　)に入れなさい。

a. わがまま	b. いらいら	c. 意地悪	d. やる気	e. お辞儀

❶ 友達に(　　　　　　)をされましたが、親にも先生にも言えませんでした。

❷ なぜ日本人は電話をしながら(　　　　　　)をするんですか。

❸ やろうとした時に、母に「早くしろ」と言われて、(　　　　　　)がなくなりました。

❹ 弟が生まれて、お兄ちゃんは(　　　　　　)を言うようになりました。

Ⅱ [a～e]の中から適当な言葉を選んで、(　　)に入れなさい。(必要なら形を変えなさい)

a. 優秀	b. 乱暴	c. 苦手	d. 硬い	e. 大人しい

❶ 私はよく(　　　　　　)と言われますが、家ではお喋りです。

❷ あ、危ない！前の車、運転が(　　　　　　)ですね。

❸ 僕はお酒は(　　　　　　)ですね。ビール１杯で顔が赤くなってしまうんです。

❹ さっきは緊張して(　　　　　　)なって、何も言えませんでした。

Ⅲ [a～e]の中から適当な言葉を選んで、(　　)に入れなさい。

a. 努力	b. 性格	c. 能力	d. 敬意	e. 態度

❶ 母と話す時は、君の(　　　　　　)に注意しなさい。

❷ 相手の人に(　　　　　　)を表するために、敬語を使います。

❸ 彼女は失敗しても諦めず、こつこつと(　　　　　　)をしています。

❹ 彼は結婚してから(　　　　　　)が変わったような気がします。

16 人物(4)（じんぶつ） 人物(4)

Track 16

◆ 人間関係（にんげんかんけい） 人際關係

相手（あいて）	名 夥伴，共事者；對方，敵手；對象
互い（たがい）	名·形動 互相，彼此；雙方；彼此相同
お互い（おたがい）	名 彼此，互相
カップル【couple】	名 一對，一對男女，一對情人，一對夫婦
仲（なか）	名 交情；（人和人之間的）聯繫
パートナー【partner】	名 伙伴，合作者，合夥人；舞伴
見送り（みおくり）	名 送行；靜觀，觀望；（棒球）放著好球不打
コミュニケーション【communication】	名（語言、思想、精神上的）交流，溝通；通訊，報導，信息
共通（きょうつう）	名·形動·自サ 共同，通用
味方（みかた）	名·自サ 我方，自己的這一方；夥伴
協力（きょうりょく）	名·自サ 協力，合作，共同努力，配合
デート【date】	名·自サ 日期，年月日；約會，幽會
直接（ちょくせつ）	名·副·自サ 直接
親しい（したしい）	形（血緣）近；親近，親密；不稀奇
擦れ違う（すれちがう）	自五 交錯，錯過去；不一致，不吻合，互相分歧；錯車
合わせる（あわせる）	他下一 合併；核對，對照；加在一起，混合；配合，調合
助ける（たすける）	他下一 幫助，援助；救，救助；輔佐；救濟，資助
近付ける（ちかづける）	他五 使…接近，使…靠近
付き合う（つきあう）	自五 交際，往來；陪伴，奉陪，應酬
話し合う（はなしあう）	自五 對話，談話；商量，協商，談判
出会う（であう）	自五 遇見，碰見，偶遇；約會，幽會；（顏色等）協調，相稱
見送る（みおくる）	他五 目送；送行，送別；送終；觀望，等待（機會）

活用句庫

例 趙さんは日本語は下手だが、コミュニケーション能力はすごいです。
趙先生的日語雖然不太行，但他的溝通能力很強。

例 今日は彼女とデートなので、お先に失礼します。
我今天要和女朋友約會，所以先告辭了。

例 進学は君一人の問題じゃないから、ご両親とよく話し合いなさい。
升學不是你一個人的問題，請好好和父母親討論。

練　習

Ⅰ [a ～ e]の中から適当な言葉を選んで、(　　)に入れなさい。

a. デート　b. 味方　c. 仲　d. カップル　e. 相手

❶ 実は、1回目の(　　　　　)より2回目のほうが大事なんですよ。
❷ こちらがご夫婦や(　　　　　)にお薦めの国内旅行プランです。
❸ お父さんやお母さんに叱られた時、おばあちゃんはいつも僕の(　　　　　)をしてくれました。
❹ 中学生の時は、(　　　　　)のいい友達があまりいませんでした。

Ⅱ [a ～ e]の中から適当な言葉を選んで、(　　)に入れなさい。

a. 互い　b. パートナー　c. 協力　d. 共通　e. 見送り

❶ 外国で会社を作る時、良い(　　　　　)を見つけられるかどうかが成功の鍵です。
❷ いくら好きでも、(　　　　　)の趣味がないと長く続きません。
❸ お祭りが終わった後、みんなで(　　　　　)をしてごみを集めました。
❹ 友人の(　　　　　)に、入場券を買って駅のホームまで行きました。

Ⅲ [a ～ e]の中から適当な言葉を選んで、(　　)に入れなさい。(必要なら形を変えなさい)

a. 擦れ違う　b. 近づける　c. 助ける　d. 付き合う　e. 話し合う

❶ 将来、困っている人を(　　　　　)り、人の役に立ったりする仕事をしたいです。
❷ 私たちがその問題について(　　　　　)のに、2時間では足りません。
❸ この通りは夜になるとほとんどの店が閉まるので、(　　　　　)人もいません。
❹ 苦手な上司とうまく(　　　　　)ことも、サラリーマンには大事な能力です。

17 生物（せいぶつ） 生物

Track 17

◆ 動物（どうぶつ） 動物

牛（うし）	名 牛
馬（うま）	名 馬；墊高用的小凳子；將棋的桂馬
生物（せいぶつ）	名 生物
頭（とう）	接尾（計算牛、馬等的量詞）頭
羽（わ）	接尾（計算鳥或兔子等的量詞）隻
飼う（かう）	他五 飼養（動物等）

◆ 植物（しょくぶつ） 植物

桜（さくら）	名（植）櫻花，櫻花樹；淡紅色
蕎麦（そば）	名 蕎麥；蕎麥麵
標本（ひょうほん）	名 標本；（統計）樣本；典型
フルーツ【fruits】	名 水果
生える（はえる）	自下一（草，木）等生長
開く（ひらく）	自五・他五 綻放；開，拉開

活用句庫

例 馬は男の子を乗せたまま、山道を全速力で走り去りました。	馬兒載著小男孩，往山路上奮力奔馳而去了。
例 この動物園にはゾウが２頭、ライオンが５頭、猿が 20 匹います。	這座動物園裡有２頭大象、５隻獅子，和 20 隻猴子。
例 天ぷらそばとカレーライスですね。かしこまりました。	您點的是天婦羅蕎麥麵和咖哩飯對吧，我知道了。

練習

Ⅰ [a～e]の中から適当な言葉を選んで、（　　）に入れなさい。

a. 牛	b. 生物	c. 頭	d. 羽	e. 標本

❶ 私の夢は、（　　　　　　）を飼ってチーズを造ることです。

❷ ウサギは鳥と同じように１（　　　　　　）、２（　　　　　　）と数えます。

❸ この部屋には珍しい蝶々の（　　　　　　）が、世界中から集められています。

❹ 夜の森では、昼とは違った（　　　　　　）に出会うことができます。

Ⅱ [a～e]の中から適当な言葉を選んで、（　　）に入れなさい。（必要なら形を変えなさい）

a. 与える	b. 生える	c. 産む	d. 開く	e. 飼う

❶ 熱帯魚を（　　　　　　）には、いろいろな設備が要ります。

❷ 本棚の一番端にあった本を（　　　　　　）と、１枚の古い写真が出てきました。

❸ 花咲く庭を夢見ていたのに、取っても取っても（　　　　　　）くる草に疲れてしまいました。

❹ 親鳥は（　　　　　　）卵を交替で温めます。

Ⅲ [a～e]の中から適当な言葉を選んで、（　　）に入れなさい。

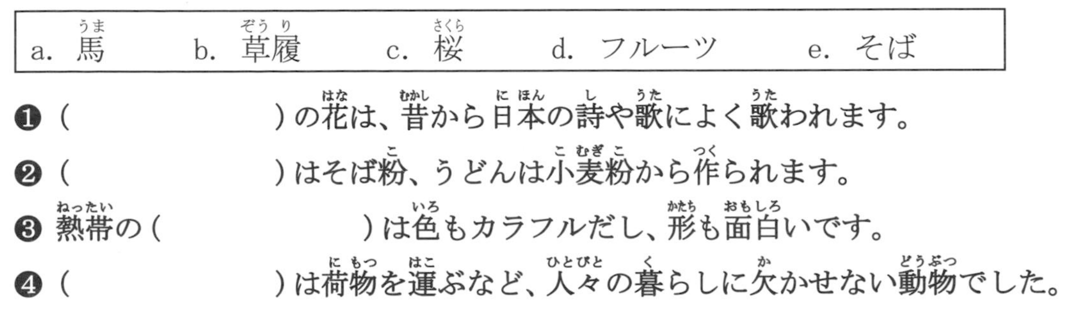

a. 馬	b. 草履	c. 桜	d. フルーツ	e. そば

❶（　　　　　　）の花は、昔から日本の詩や歌によく歌われます。

❷（　　　　　　）はそば粉、うどんは小麦粉から作られます。

❸ 熱帯の（　　　　　　）は色もカラフルだし、形も面白いです。

❹（　　　　　　）は荷物を運ぶなど、人々の暮らしに欠かせない動物でした。

18 物質（ぶっしつ） 物質

Track 18

◆ 物（もの）、物質（ぶっしつ） 物、物質

化学反応（かがくはんのう）	名 化學反應
氷（こおり）	名 冰
ダイヤモンド【diamond】	名 鑽石
灰（はい）	名 灰
リサイクル【recycle】	名・サ変 回收，(廢物)再利用
溶（と）かす	他五 溶解，化開，溶入

◆ エネルギー、燃料（ねんりょう） 能源、燃料

エネルギー【(徳) energie】	名 能量，能源，精力，氣力
煙（けむり）	名 煙，煙狀物
資源（しげん）	名 資源
燃（も）やす	他五 燃燒；(把某種情感)燃燒起來，激起
替（か）わる	自五 更換，交替

◆ 原料（げんりょう）、材料（ざいりょう） 原料、材料

麻（あさ）	名 (植物)麻，大麻；麻紗，麻布，麻纖維
ウール【wool】	名 羊毛，毛線，毛織品
コットン【cotton】	名 棉，棉花；木棉，棉織品
質（しつ）	名 質量；品質，素質；質地，實質；抵押品；真誠，樸實
シルク【silk】	名 絲，絲綢；生絲
鉄鋼（てっこう）	名 鋼鐵
ビニール【vinyl】	名 (化)乙烯基；乙烯基樹脂；塑膠
プラスチック【plastic・plastics】	名 (化)塑膠，塑料
ポリエステル【polyethylene】	名 (化學)聚乙烯，人工纖維
綿（めん）	名・漢造 棉，棉線；棉織品；綿長；詳盡；棉花
切（き）れる	自下一 斷；用盡

活用句庫

例 ダイヤモンドには、青や赤など色の付いたものもあります。	鑽石之中還包括帶有藍色、紅色等顏色的種類。
例 紙袋やお菓子の箱も大切な資源です。リサイクルしましょう。	紙袋和糖果盒也都是重要的資源。拿去資源回收吧！
例 このワンピースは、綿に麻が 20 パーセント入っています。	這件洋裝的棉料含有 20% 的麻纖維。

練　習

I [a ～ e]の中から適当な言葉を選んで、(　　)に入れなさい。

a. 麻　　b. 灰　　c. 煙　　d. 氷　　e. 紐

❶「あ、熱い！ やけどしたかも…。」「それは大変です。すぐに(　　　　)で冷やしなさい。」

❷ (　　　　)の生地のシャツは春から夏にかけて活躍しますが、洗濯が面倒です。

❸ 前の車の人、ひどいわねえ。煙草の(　　　　)を窓から落としているわよ。

❹ 何か焼いているのを忘れていませんか。キッチンから(　　　　)が出ていますよ。

II [a ～ e]の中から適当な言葉を選んで、(　　)に入れなさい。

a. コットン　b. ファスナー　c. リサイクル　d. ビニール　e. エネルギー

❶ (　　　　)は夏は涼しくて冬は暖かく、肌にも優しい生地です。

❷ 省(　　　　)のために、クーラーの温度は 28 度にしましょう。

❸ 台風から半年が過ぎたが、屋根にまだ青い(　　　　)シートをかけたままの家も多いです。

❹ ビールなどの缶は(　　　　)の割合が高く、100 パーセントに近づいています。

III [a ～ e]の中から適当な言葉を選んで、(　　)に入れなさい。

a. ダイヤモンド　b. シルク　c. 資源　d. 質　e. ウール

❶ (　　　　)は羊の毛のことで、セーターやスーツなどに使われています。

❷ 製品の(　　　　)を向上させないと、消費者の信頼は得られません。

❸ 水という貴重な(　　　　)を守るために、新しい法律が作られました。

❹ 薬指に光る(　　　　)を見るたびに、幸せな気分になります。

19 天体、気象（てんたい、きしょう） 天體、氣象

Track 19

◆ 天体、気象、気候（てんたい、きしょう、きこう） 天體、氣象、氣候

- **異常気象**（いじょうきしょう） 名 氣候異常
- **引力**（いんりょく） 名 物體互相吸引的力量
- **温度**（おんど） 名（空氣等）溫度，熱度
- **暮れ**（く） 名 日暮，傍晚；季末，年末
- **湿気**（しっけ） 名 濕氣
- **湿度**（しつど） 名 濕度
- **太陽**（たいよう） 名 太陽；希望
- **地球**（ちきゅう） 名 地球
- **梅雨**（つゆ） 名 梅雨；梅雨季
- **夜**（よ） 名 夜、夜晚
- **真っ暗**（まっくら） 名・形動 漆黑；（前途）黯淡
- **眩しい**（まぶ） 形 耀眼，刺眼的；華麗奪目的，鮮豔的，刺目
- **蒸し暑い**（むしあつ） 形 悶熱的
- **当たる**（あ） 自五・他五 碰撞；擊中；合適；太陽照射；取暖，吹（風）；接觸；（大致）位於；當…時候；（粗暴）對待
- **昇る**（のぼ） 自五 上升
- **深まる**（ふか） 自五 加深，變深

◆ さまざまな自然現象（しぜんげんしょう） 各種自然現象

- **かび** 名 霉
- **水滴**（すいてき） 名 水滴；（注水研墨用的）硯水壺
- **被害**（ひがい） 名 受害，損失
- **回り**（まわ） 名・接尾 轉動；走訪，巡迴；周圍；周，圈
- **散らす**（ち） 他五・接尾 把…分散開，驅散；吹散，灑散；散佈，傳播；消腫
- **散る**（ち） 自五 凋謝，散漫，落；離散，分散；遍佈；消腫；渙散
- **積もる**（つ） 自五・他五 積，堆積；累積；估計；計算；推測
- **強まる**（つよ） 自五 強起來，加強，增強
- **溶く**（と） 他五 溶解，化開，溶入
- **溶ける**（と） 自下一 溶解，融化
- **流す**（なが） 他五 使流動，沖走；使漂走；流（出）；放逐；使流產；傳播；洗掉（汙垢）；不放在心上
- **流れる**（なが） 自下一 流動；漂流；飄動；傳布；流逝；流浪；（壞的）傾向；流產；作罷；偏離目標；瀰漫；降落
- **鳴る**（な） 自五 響，叫；聞名
- **外れる**（はず） 自下一 脫落，掉下；（希望）落空，不合（道理）；離開（某一範圍）
- **張る**（は） 自五・他五 延伸，伸展；覆蓋；膨脹，負擔過重；展平，擴張；設置，布置
- **燃える**（も） 自下一 燃燒，起火；（轉）熱情洋溢，滿懷希望；（轉）顏色鮮明
- **破れる**（やぶ） 自下一 破損，損傷；破壞，破裂，被打破；失敗
- **揺れる**（ゆ） 自下一 搖晃，搖動；躊躇
- **埋まる**（う） 自五 被埋上；填滿，堵住；彌補，補齊
- **乾く**（かわ） 自五 乾，乾燥
- **絶えず**（た） 副 不斷地，經常地，不停地，連續

活用句庫

例 年(とし)の暮(く)れのお忙(いそが)しいときにお邪魔(じゃま)して、申(もう)し訳(わけ)ありません。
在年底最忙碌的時候打擾您，真是非常抱歉。

例 地球(ちきゅう)と太陽(たいよう)の間(あいだ)に月(つき)が入(はい)って、太陽(たいよう)が見(み)えなくなる現象(げんしょう)を日食(にっしょく)といいます。
當月亮進入地球和太陽之間導致看不見太陽的現象，叫做日食。

例 6月下旬(がつげじゅん)に梅雨入(つゆい)りしてから、毎日雨(まいにちあめ)で嫌(いや)になります。
自從6月下旬進入梅雨季之後天天都下雨，讓人覺得很煩躁。

練 習

I [a～e]の中から適当な言葉を選んで、(　　)に入れなさい。

a. 湿気(しっけ)	b. 温度(おんど)	c. 梅雨(つゆ)	d. かび	e. 暮(く)れ

❶ 今年(ことし)は(　　　　　　)が明(あ)けるのが去年(きょねん)より17日遅(にちおそ)かったです。
❷ 10月(がつ)の連休(れんきゅう)が終(お)わると、日(ひ)の(　　　　　　)が一気(いっき)に早(はや)くなる感(かん)じがします。
❸ 毎日掃除(まいにちそうじ)しているつもりでも、(　　　　　　)はいつの間(ま)にか生(は)えてきます。
❹ このシートを布団(ふとん)の下(した)に置(お)くだけで、汗(あせ)や(　　　　　　)を取(と)ってくれます。

II [a～e]の中から適当な言葉を選んで、(　　)に入れなさい。(必要なら形を変えなさい)

a. 張(は)られる	b. 積(つ)もる	c. 外(はず)れる	d. 破(やぶ)れる	e. 流(なが)される

❶ (　　　　　　)しまった千円札(せんえんさつ)は、銀行(ぎんこう)に持(も)って行(い)けば換(か)えてくれます。
❷「塵(ちり)も(　　　　　　)れば山(やま)となる。」と言(い)いますから、小銭(こぜに)を馬鹿(ばか)にしてはいけませんよ。
❸ ボートで釣(つ)りをしているうちに、沖(おき)へ(　　　　　　)しまいました。
❹ 区役所(くやくしょ)の壁(かべ)には「病院(びょういん)の先生(せんせい)や看護師(かんごし)さん、ありがとう。」という紙(かみ)が(　　　　　　)いました。

III [a～e]の中から適当な言葉を選んで、(　　)に入れなさい。(必要なら形を変えなさい)

a. 絶(た)えず	b. 当(あ)たる	c. 乾(かわ)く	d. 深(ふか)まる	e. 散(ち)る

❶ 家(いえ)の前(まえ)を(　　　　　　)車(くるま)が通(とお)るので、うるさくて仕方(しかた)ありません。
❷ 洗濯物(せんたくもの)が(　　　　　　)ら、畳(たた)んでタンスにしまってください。
❸ 風(かぜ)が強(つよ)いと、大量(たいりょう)の落(お)ち葉(ば)が(　　　　　　)困(こま)ります。
❹ 秋(あき)が(　　　　　　)と、木(こ)の葉(は)が赤(あか)や黄色(きいろ)に紅葉(こうよう)します。

20 地理(ちり)、場所(ばしょ)（1） 地理、地方（1）

Track 20

◆ 地理(ちり) 地理

穴(あな)	名 孔，洞，窟窿；坑；穴，窩；礦井；藏匿處；缺點；虧空
坂(さか)	名 斜面，坡道；（比喻人生或工作的關鍵時刻）大關，陡坡
湾(わん)	名 灣，海灣
湖(こ)	接尾 湖
港(こう)	漢造 港口
山(さん)	接尾 山；寺院，寺院的山號
丘陵(きゅうりょう)	名 丘陵
地盤(じばん)	名 地基，地面；地盤，勢力範圍
故郷(こきょう)	名 故鄉，家鄉，出生地
自然(しぜん)	名·形動·副 自然，天然；大自然，自然界；自然地

◆ 場所(ばしょ)、空間(くうかん) 地方、空間

底(そこ)	名 底，底子；最低處，限度；底層，深處；邊際，極限
地方(ちほう)	名 地方，地區；（相對首都與大城市而言的）地方，外地
畑(はたけ)	名 田地，旱田；專業的領域
空(くう)	名·形動·漢造 空中，空間；空虛
空(あ)ける	他下一 倒出，空出；騰出（時間）
どこか	連語 哪裡是，豈止，非但

活用句庫

例 とても恥ずかしいとき、「穴があったら入りたい」と言います。	覺得很難為情的時候，會説「真想找個地洞鑽進去」。
例 坂の上まで登ると、晴れた日には遠くに富士山が見えますよ。	只要在天氣晴朗的日子爬上山坡，就可以遠眺富士山哦！
例 これは今朝、東京湾で獲れた魚です。	這是今天早上在東京灣捕獲的魚。

練　習

Ⅰ [a ～ e]の中から適当な言葉を選んで、(　　)に入れなさい。

a. 湾	b. 坂	c. 空	d. 山	e. 穴

❶ (　　　　　)の中には、台風を避けて多くの船が集まって来ます。

❷ この(　　　　　)をまっすぐ下ると、賑やかな商店街に出ます。

❸ 明日会社を休んで、仕事に(　　　　　)を開けるわけにはいきません。

❹ サヨナラ満塁ホームランになるはずが、バットは(　　　　　)を切って、すべては終わりました。

Ⅱ [a ～ e]の中から適当な言葉を選んで、(　　)に入れなさい。

a. 丘陵	b. 自然	c. 地盤	d. 地方	e. 故郷

❶ 都会で生まれ育ちましたが、この田舎に引っ越してからもう長く、第２の(　　　　　)と言えます。

❷ みかんやコーヒーは(　　　　　)地帯で栽培されています。

❸ 首都圏から離れて、(　　　　　)に行くと、温かい人情に触れることができます。

❹ どんなに丈夫な建物に住んでいても、しっかりした(　　　　　)でなければ安全とは言えません。

Ⅲ [a ～ e]の中から適当な言葉を選んで、(　　)に入れなさい。

a. 港	b. 畑	c. 奥	d. 底	e. 湖

❶ この町には漁(　　　　　)があるので、海鮮が安くて新鮮です。

❷ 千円札に描かれた風景は、本栖(　　　　　)の(　　　　　)面に映る富士山です。

❸ 週末には、郊外に借りた(　　　　　)で野菜作りを楽しんでいます。

❹ コーヒーカップの(　　　　　)に砂糖が残っていて、最後の一口がすごく甘かったです。

21 地理、場所(2) 地理、地方(2)

Track 21

◆ 地域、範囲 地域、範圍

環境（かんきょう）	名 環境
近所（きんじょ）	名 附近，鄰近；街坊鄰居
コース【course】	名 路線，（前進的）路徑；跑道；課程，學程；程序；套餐
州（しゅう）	名 大陸，州
出身（しゅっしん）	名 出生（地），籍貫；出身；畢業於…
世間（せけん）	名 世上，社會上；世人；社會輿論；（交際活動的）範圍
地下（ちか）	名 地下；陰間；（政府或組織）地下，秘密（組織）
地区（ちく）	名 地區
中心（ちゅうしん）	名 中心，當中；核心，重點，焦點；中心地，中心人物
東洋（とうよう）	名（地）亞洲；東洋，東方（亞洲東部和東南部的總稱）
所々（ところどころ）	名 處處，各處，到處都是
都市（とし）	名 都市，城市
範囲（はんい）	名 範圍，界線
風俗（ふうぞく）	名 風俗；服裝，打扮；社會道德
麓（ふもと）	名 山腳
周り（まわり）	名 周圍，周邊
世の中（よのなか）	名 人世間，社會；時代，時期；男女之情
領（りょう）	名·接尾·漢造 領土；脖領；首領
帰国（きこく）	名·自サ 回國，歸國；回到家鄉
辺り（あたり）	名·造語 附近，一帶；之類，左右
部（ぶ）	名·漢造 部分；部門；冊
所（しょ）	漢造 處所，地點；特定地
諸（しょ）	漢造 諸
内（ない）	漢造 內，裡頭；家裡；內部
離れる（はなれる）	自下一 離開，分開；離去；距離，相隔；脫離（關係），背離
広まる（ひろまる）	自五（範圍）擴大；傳播，遍及
広める（ひろめる）	他下一 擴大，增廣；普及，推廣；披漏，宣揚
囲む（かこむ）	他五 圍上，包圍；圍攻

活用句庫

例 村の環境を守るために、工場の建設に反対しています。
為了保護村莊的環境，我們反對建造工廠。

例 近所の公園に集まって、みんなでラジオ体操をしています。
大家聚在附近的公園一起做廣播體操。

例「空手習っているんですか。すごいですね。」「でも、まだ初心者コースなんです。」
「你在學空手道？好厲害哦。」「不過我還在上初學者課程。」

練 習

Ⅰ [a～e]の中から適当な言葉を選んで、（　　）に入れなさい。

a. 範囲	b. 環境	c. 地区	d. 出身	e. 近所

❶「ご（　　　　　　）はどちらですか。」「九州の福岡です。」
❷ 毎朝６時頃、犬を連れて（　　　　　　）の公園まで散歩しています。
❸ 家の周りの（　　　　　　）が悪くなったので、引っ越しを考えています。
❹ 試験（　　　　　　）が広すぎて、半分も復習できませんでした。

Ⅱ [a～e]の中から適当な言葉を選んで、（　　）に入れなさい。

a. 麓	b. 領	c. 部	d. 内	e. 州

❶ 世界最大の島グリーンランドは、デンマークの自治（　　　　　　）です。
❷ 富士山の（　　　　　　）には個性豊かなキャンプ場がたくさんあります。
❸ カリフォルニア（　　　　　　）は、アメリカで一番人口が多いです。
❹ 夏休みの旅行は、海外を止めて、国（　　　　　　）にしましょう。

Ⅲ [a～e]の中から適当な言葉を選んで、（　　）に入れなさい。

a. 世の中	b. コース	c. 中心	d. 風俗	e. 地下

❶ 江戸時代、政治の（　　　　　　）は江戸、経済の（　　　　　　）は大阪でした。
❷ こちらの入門（　　　　　　）は、お料理が初めての男性でもご参加いただけます。
❸（　　　　　　）狭いですねえ。こんな所であなたに会うなんて。
❹ タイ語を研究する者は、タイの（　　　　　　）や習慣を知らないといけません。

22 地理(ちり)、場所(ばしょ)(3) 地理、地方(3)

Track 22

◆ 方向(ほうこう)、位置(いち) 方向、位置

下(くだ)り	名 下降的；東京往各地的列車
正面(しょうめん)	名 正面；對面；直接，面對面
印(しるし)	名 記號，符號；象徵（物），標記；徽章；（心意的）表示；紀念（品）；商標
突(つ)き当(あ)たり	名（道路的）盡頭
点(てん)	名 點；方面；（得）分
途上(とじょう)	名（文）路上；中途
端(はし)	名 開端，開始；邊緣；零星物品，片段；開始，盡頭
二手(ふたて)	名 兩路
両(りょう)	漢造 雙，兩
両側(りょうがわ)	名 兩邊，兩側，兩方面
目的地(もくてきち)	名 目的地
箇所(かしょ)	名・接尾（特定的）地方；（助數詞）處
向(む)かい	名 正對面
向(む)き	名 方向；適合，合乎；認真，慎重其事；傾向，趨向；（該方面的）人，人們
斜(なな)め	名・形動 斜，傾斜；不一般，不同往常
下(か)	漢造 下面；屬下；低下；下，降
下(くだ)る	自五 下降，下去；下野，脫離公職；由中央到地方；下達；往河的下游去
進(すす)む	自五・接尾 進，前進；進步，先進；進展；升級，進級；升入，進入，到達；繼續下去
進(すす)める	他下一 使向前推進，使前進；推進，發展，開展；進行，舉行；提升，晉級；增進，使旺盛
近(ちか)づく	自五 臨近，靠近；接近，交往；幾乎，近似
上(のぼ)る	自五 進京；晉級，高昇；（數量）達到，高達
向(む)く	自五・他五 朝，向，面；傾向，趨向；適合；面向，著
向(む)ける	自他下一 向，朝，對；差遣，派遣；撥用，用在
寄(よ)る	自五 順道去…；接近

練 習

Ⅰ [a ～ e]の中から適当な言葉を選んで、(　　)に入れなさい。

a. 印	b. 点	c. 両	d. 下	e. 端

❶ 日本の(　　　　　　)から(　　　　　　)まで、つまり北海道から沖縄までは約 3000 キロメートルあります。

❷ 来月アルバイトに行く日を、カレンダーに(　　　　　　)をつけました。

❸ そのお皿は重いですよ。片手ではなくて、(　　　　　　)手で持ってください。

❹ 皆さんで話し合っていただく前に、以下の(　　　　　　)についてご確認ください。

Ⅱ [a ～ e]の中から適当な言葉を選んで、(　　)に入れなさい。

a. 箇所	b. 向き	c. 向かい	d. 途上	e. 下り

❶ 小さいお子さんがいる家庭では、家の中に危険な(　　　　　　)がないか点検してください。

❷ 連休の前日から、新幹線の(　　　　　　)列車が混み始めました。

❸ 地震から 10 年が経ったが、人々の心の復興はまだ(　　　　　　)にあります。

❹ 少し遅くなるので、駅の(　　　　　　)の喫茶店で待っていてください。

Ⅲ [a ～ e]の中から適当な言葉を選んで、(　　)に入れなさい。

a. 正面	b. 突き当たり	c. 目的地	d. 斜め	e. 二手

❶ その絵、ちょっと(　　　　　　)になってますよ。右を 1 センチ上げてみてください。

❷ この道をまっすぐ行って、(　　　　　　)を左に曲がってください。

❸ この川は 100 メートル先で(　　　　　　)に分かれています。

❹ 晴れた日には、リビングの窓の(　　　　　　)に富士山が見えます。

23 施設（しせつ）、機関（きかん） 設施、機關單位

Track 23

◆ 施設（しせつ）、機関（きかん） 設施、機關單位

警察署（けいさつしょ）	名 警察署
消防署（しょうぼうしょ）	名 消防局，消防署
場（じょう）	名·漢造 場，場所；場面
館（かん）	漢造 旅館；大建築物或商店
公民館（こうみんかん）	名（市町村等的）文化館，活動中心
市役所（しやくしょ）	名 市政府，市政廳
区役所（くやくしょ）	名（東京都特別區與政令指定都市所屬的）區公所
保健所（ほけんじょ）	名 保健所，衛生所
入国管理局（にゅうこくかんりきょく）	名 入國管理局

◆ いろいろな施設（しせつ） 各種設施

劇場（げきじょう）	名 劇院，劇場，電影院
博物館（はくぶつかん）	名 博物館，博物院
風呂屋（ふろや）	名 浴池，澡堂
ホール【hall】	名 大廳；舞廳；（有舞台與觀眾席的）會場
園（えん）	接尾 園
保育園（ほいくえん）	名 幼稚園，保育園
寺（じ）	漢造 寺

◆ 店（みせ） 商店

集まり（あつまり）	名 集會，會合；收集（的情況）
コンビニ（エンスストア）【convenience store】	名 便利商店
（自動）券売機（（じどう）けんばいき）	名（門票、車票等）自動售票機
チケット【ticket】	名 票，券；車票；入場券；機票
バーゲンセール【bargain sale】	名 廉價出售，大拍賣
売店（ばいてん）	名（車站等）小賣店
商売（しょうばい）	名·自サ 經商，買賣，生意；職業，行業
注文（ちゅうもん）	名·他サ 點餐，訂貨，訂購；希望，要求，願望
オープン【open】	名·自他サ·形動 開放，公開；無蓋，敞篷；露天，野外
番（ばん）	名·接尾·漢造 輪班；看守，守衛；（表順序與號碼）第…號；（交替）順序，次序

◆ 団体（だんたい）、会社（かいしゃ） 團體、公司行號

会（かい）	名 會，會議，集會
倒産（とうさん）	名·自サ 破產，倒閉
訪問（ほうもん）	名·他サ 訪問，拜訪
社（しゃ）	名·漢造 公司，報社（的簡稱）；社會團體；組織；寺院
潰す（つぶす）	他五 毀壞，弄碎；熔毀，熔化；消磨，消耗；宰殺；堵死，填滿

活用句庫

例 警察署の前には、犯人を一目見ようと人々が集まっていました。　群眾為了看嫌犯一眼而聚集在警察局前。

例 町の公民館のお祭りで、子どもたちの踊りを見るのが楽しみです。　很期待能在由鎮民文化館舉辦的慶祝大會上看到孩子們的舞蹈表演。

例 パリにいた頃は、オペラやバレエを観に劇場に通ったものです。　我在巴黎時，去劇院觀賞了歌劇和芭蕾舞。

練　習

Ⅰ [a～e]の中から適当な言葉を選んで、(　　)に入れなさい。

a. コンビニ　b. チケット　c. バーゲンセール　d. ホール　e. サンプル

❶ 行きたかったライブの(　　　　　　)が買えなくて、ただただ悲しいです。

❷ 定番の物から限定の物まで、最近の(　　　　　　)スイーツはすごいです。

❸ ここはクラシック音楽のコンサート(　　　　　　)として、日本で一番古いことで有名です。

❹ デパートの(　　　　　　)といえば、かつては2月と8月だったが、近年はいつもやっているような気がします。

Ⅱ [a～e]の中から適当な言葉を選んで、(　　)に入れなさい。

a. 集まり　b. 入国管理局　c. 保健所　d. 風呂屋　e. 区役所

❶ 子どもが生まれたら、2週間以内に(　　　　　　)に届けてください。

❷ 今度の保護者の(　　　　　　)には、教師も参加することになっています。

❸ 明後日(　　　　　　)で3歳児健診があるので、夫婦で行くつもりです。

❹ 大きなお風呂にゆっくり入りたい時は、近所の(　　　　　　)に行きます。

Ⅲ [a～e]の中から適当な言葉を選んで、(　　)に入れなさい。（必要なら形を変えなさい）

a. 倒産する　b. 注文する　c. オープンする　d. 商売する　e. 訪問する

❶ この店は、お客さんが(　　　　　　)からそばを打って茹でます。

❷ ボランティアでお年寄りのお宅を(　　　　　　)、手伝っています。

❸ 叔父は市内に数軒の支店を持って(　　　　　　)います。

❹ このコーナーでは来年(　　　　　　)予定のホテルを紹介します。

24 交通（1） 交通（1）

Track 24

◆ 交通、運輸 交通、運輸

行き・行き	名 去，往
片道	名 單程，單方面
スピード【speed】	名 快速，迅速；速度
速度	名 速度
ダイヤ【diamond・diagram 之略】	名 列車時刻表；圖表，圖解（「ダイヤグラム」之略稱）；鑽石（「ダイヤモンド」之略稱）
近道	名 捷徑，近路
定期券	名 定期車票；月票
停留所	名 公車站；電車站
特急	名 火速；特急列車（「特別急行」之略稱）
ブレーキ【brake】	名 煞車；制止，控制，潑冷水
ラッシュ【rush】	名（眾人往同一處）湧現；蜂擁，熱潮
ラッシュアワー【rushhour】	名 尖峰時刻，擁擠時段
ロケット【rocket】	名 火箭發動機；（軍）火箭彈；狼煙火箭
車	名・接尾・漢造 車；（助數詞）車，輛，車廂
ドライブ【drive】	名・自サ 開車遊玩；兜風
免許	名・他サ（政府機關）批准，許可；許可證，執照；傳授秘訣
渋滞	名・自サ 停滯不前，遲滯，阻塞
衝突	名・自サ 撞，衝撞，碰上；矛盾，不一致；衝突
信号	名・自サ 信號，燈號；（鐵路、道路等的）號誌；暗號
経由	名・自サ 經過，經由
高める	他下一 提高，抬高，加高
発つ	自五 立，站；冒，升；離開；出發；奮起；飛，飛走
通る	自五 經過；穿過；合格
通り越す	自五 通過，越過
飛ばす	他五・接尾 使…飛，使飛起；（風等）吹起，吹跑；飛濺，濺起
乗せる	他下一 放在高處，放到…；裝載；使搭乘；使參加；騙人，誘拐；記載，刊登；合著音樂的拍子或節奏
下ろす・降ろす	他五（從高處）取下，拿下，降下，弄下；開始使用（新東西）；砍下

活用句庫

例 夫の実家までは車で片道４時間もかかるんです。
前往丈夫的老家，光是單趟車程就要花上４個小時了。

例 大学へは週に３日しか行かないので、定期券は買っていません。
我每個星期只有３天要去大學，所以沒有購買月票。

例 いつかロケットに乗って、宇宙から地球を見てみたいです。
總有一天我要搭上火箭，從外太空眺望地球。

練　習

Ⅰ [a ～ e]の中から適当な言葉を選んで、(　　)に入れなさい。

a. 行き	b. 信号	c. 片道	d. 近道	e. 免許

❶ 空港市内間のバスは (　　　　　　) 1000 円、往復なら 1800 円です。
❷ 横浜 (　　　　　　) の電車に乗ったつもりでしたが、逆方向でした。
❸ (　　　　　　) のない横断歩道で、止まってくれない車が増えました。
❹ 図書館の中を通り抜けて、体育館へ (　　　　　　) をしました。

Ⅱ [a ～ e]の中から適当な言葉を選んで、(　　)に入れなさい。（必要なら形を変えなさい）

a. 下ろす	b. 渋滞する	c. 経由する	d. 乗せる	e. 高める

❶ 演技の前には、集中力を (　　　　　　) ために、イヤホンで音楽を聴きます。
❷ 学生時代、シベリアを (　　　　　　) ロンドンへ行ったことがあります。
❸ 毎朝７時頃から (　　　　　　) いるので、６時半に家を出ています。
❹ おばあちゃんを車に (　　　　　　)、温泉地に連れて行きます。

Ⅲ [a ～ e]の中から適当な言葉を選んで、(　　)に入れなさい。

a. スピード	b. ダイヤ	c. ラッシアワー	d. ブレーキ	e. ドライブ

❶ 夕方の (　　　　　　) がピークを迎えました。
❷ バスに乗っていたら、急 (　　　　　　) で転んでけがをしました。
❸ ちょっと (　　　　　　) の出し過ぎですよ。もっとゆっくり運転してください。
❹ 趣味が (　　　　　　) と言う人は、車が好きなんだろうか、旅行が好きなんだろうか。

25 交通（2） 交通（2）

Track 25

◆ 鉄道、船、飛行機 鐵路、船隻、飛機

ジェット機	㊔ 噴氣式飛機，噴射機
上り	㊔（「のぼる」的名詞形）登上，攀登；上坡（路）；上行列車（從地方往首都方向的列車）；進京
迎え	㊔ 迎接；去迎接的人；接，請
ホーム【platform 之略】	㊔ 月台
プラットホーム【platform】	㊔ 月台
踏切	㊔（鐵路的）平交道，道口；（轉）決心
改札口	㊔（火車站等）剪票口
乗り換え	㊔ 換乘，改乘，改搭
乗り越し	名·自サ（車）坐過站
列車	㊔ 列車，火車
新幹線	㊔ 日本鐵道新幹線
各駅停車	㊔ 指電車各站都停車，普通車
快速	名·形動 快速，高速度；快速列車
急行	名·自サ 急忙前往，急趕；急行列車
特別急行	㊔ 特別快車，特快車
混雑	名·自サ 混亂，混雜，混染
間に合う	自五 來得及，趕得上；夠用
繋げる	他五 連接，維繫
込む・混む	自五·接尾 擁擠，混雜；費事，精緻，複雜；表進入的意思；表深入或持續到極限

◆ 自動車、道路 汽車、道路

道路	㊔ 道路
通り	㊔ 大街，馬路；通行，流通
バイク【bike】	㊔ 腳踏車；摩托車（「モーターバイク」之略稱）
バン【van】	㊔ 大篷貨車
レンタル【rental】	名·サ変 出租，出賃；租金
代わる	自五 代替，代理，代理
積む	自五·他五 累積，堆積；裝載；積蓄，積累
ぶつける	他下一 扔，投；碰，撞，（偶然）碰上，遇上；正當，恰逢；衝突，矛盾

練習

Ⅰ [a～e]の中から適当な言葉を選んで、(　　)に入れなさい。

a. 混雑	b. 乗り換え	c. 通り	d. 踏切	e. 迎え

❶ うちから会社まで1時間以上かかるが、(　　　　　　)なしで行けるので少しは楽です。

❷ お父さんを(　　　　　　)に行くついでに、駅前のコンビニで牛乳を買って来なさい。

❸ この(　　　　　　)の両側には、30年前に日本の桜が植えられました。

❹ このアパートは安いしきれいですが、近くの(　　　　　　)の音がかなり気になります。

Ⅱ [a～e]の中から適当な言葉を選んで、(　　)に入れなさい。

a. 乗り越し	b. バン	c. ホーム	d. 上り	e. 改札口

❶ 待ち合わせ駅が二つ先の駅に変更になったので、(　　　　　　)をしました。

❷ 坂道ですれ違う時は、下りの車が(　　　　　　)の車に道を譲ります。

❸ 新宿行きは、いったん地下に下りて、反対側の(　　　　　　)から乗ってください。

❹ テロ対策のために、当駅では明日から駅入場前に(　　　　　　)で荷物検査を行います。

Ⅲ [a～e]の中から適当な言葉を選んで、(　　)に入れなさい。(必要なら形を変えなさい)

a. レンタルする	b. 繋げる	c. 積む	d. ぶつける	e. 間に合う

❶ 車を(　　　　　　)しまって、修理代が10万円もかかりました。

❷ 車や家具、家電はもちろん、最近は家族を(　　　　　　)くれるサービスまであるらしいです。

❸ 本棚に入りきらない本を机の上に(　　　　　　)いたら、勉強するスペースがなくなりました。

❹ 走って行ったら最終の電車に(　　　　　　)かもしれません。

26 通信、報道 通訊、報導

Track 26

◆ 通信、電話、郵便 通訊、電話、郵件

宛名	名 收信(件)人的姓名住址
インターネット【internet】	名 網路
書留	名 掛號郵件
航空便	名 航空郵件；空運
小包	名 小包裹；包裹
宅配便	名 宅急便
船便	名 船運
郵送	名·他サ 郵寄
速達	名·自他サ 快速信件
やり取り	名·他サ 交換，互換，授受
通じる・通ずる	自上一·他上一 通；通到，通往；通曉，精通；明白，理解；使…通；在整個期間內
繋がる	自五 相連，連接，聯繫；(人)排隊，排列；有(血緣、親屬)關係，牽連
届く	自五 及，達到；(送東西)到達；周到；達到(希望)

◆ 伝達、通知、情報 傳達、告知、信息

アンケート【(法) enquête】	名 (以同樣內容對多數人的)問卷調查，民意測驗
知らせ	名 通知；預兆，前兆
ブログ【blog】	名 部落格
ホームページ【homepage】	名 網站，網站首頁
普及	名·自サ 普及
広告	名·他サ 廣告；作廣告，廣告宣傳
宣伝	名·自他サ 宣傳，廣告；吹噓，鼓吹，誇大其詞
載せる	他下一 放在…上，放在高處；裝載，裝運；納入，使參加；欺騙；刊登，刊載
流行る	自五 流行，時興；興旺，時運佳
寄せる	自下一·他下一 靠近，移近；聚集，匯集，集中；加；投靠，寄身

◆ 報道、放送 報導、廣播

記事	名 報導，記事
情報	名 情報，信息
スポーツ中継	名 體育(競賽)直播，轉播
朝刊	名 早報
テレビ番組【television ばんぐみ 之略】	名 電視節目
ドキュメンタリー【documentary】	名 紀錄，紀實；紀錄片
マスコミ【mass communication 之略】	名 (透過報紙、廣告、電視或電影等向群眾進行的)大規模宣傳；媒體(「マスコミュニケーション」之略稱)
夕刊	名 晚報
アナウンス【announce】	名·他サ 廣播；報告；通知
インタビュー【interview】	名·自サ 會面，接見；訪問，採訪

活用句庫

例 この荷物をシンガポールまで航空便でお願いします。
麻煩將這份包裹以空運方式寄到新加坡。

例「資料はFAXで送りますか、それとも郵送しますか。」「じゃ、郵送してください。」
「資料要傳真過去，還是郵寄過去？」「那麼，麻煩郵寄。」

例 中国語はCDで勉強しただけですが、けっこう通じますよ。
雖然我只透過CD學習中文，但是程度很不錯哦！

練　習

Ⅰ [a～e]の中から適当な言葉を選んで、（　　）に入れなさい。

a. 宛名	b. 朝刊	c. 速達	d. 船便	e. 知らせ

❶（　　　　　　）を出すなら、ポストに入れるより郵便局から出したほうがいいです。
❷ 新聞休刊日は当日の夕刊と翌日の（　　　　　　）が休みになります。
❸ 目上の人に手紙を書く時には、封筒の（　　　　　　）は縦書きにします。
❹ 絵葉書は航空便で、大きな箱は安く送りたいので（　　　　　　）でお願いします。

Ⅱ [a～e]の中から適当な言葉を選んで、（　　）に入れなさい。

a. 記事	b. 宣伝	c. 小包	d. 書留	e. やり取り

❶（　　　　　　）郵便を受け取る時には、サインが必要です。
❷ 年賀状の（　　　　　　）をする人たちは、年々減っています。
❸ 古い友達から突然重い（　　　　　　）が届いたけど、一体何が入っているんでしょう。
❹ 彼女はその（　　　　　　）を書くために、10人の留学生にインタビューしました。

Ⅲ [a～e]の中から適当な言葉を選んで、（　　）に入れなさい。

a. アナウンス	b. ホームページ	c. アンケート
d. インタビュー	e. ドキュメンタリー	

❶ 駅に近づくと車内に、日本語と英語の（　　　　　　）が流れます。
❷ 試合の後優勝者に（　　　　　　）をします。
❸ 私はドラマより事実を見たままに伝える（　　　　　　）のほうが好きです。
❹ 化粧品会社の（　　　　　　）に答えたら、記念品をくれました。

27 スポーツ 體育運動

Track 27

◆ スポーツ 體育運動

オリンピック【Olympics】	名 奧林匹克
スキー【ski】	名 滑雪；滑雪橇，滑雪板
チーム【team】	名 組，團隊；(體育)隊
バレエ【ballet】	名 芭蕾舞
記録（きろく）	名·他サ 記錄，記載，(體育比賽的)紀錄
消費（しょうひ）	名·他サ 消費，耗費
トレーニング【training】	名·他サ 訓練，練習
跳ぶ（とぶ）	自五 跳，跳起；跳過（順序、號碼等）

◆ 試合（しあい） 比賽

勝ち（かち）	名 勝利
活躍（かつやく）	名·自サ 活躍
応援（おうえん）	名·他サ 援助，支援；聲援，助威
完全（かんぜん）	名·形動 完全，完整；完美，圓滿
金（きん）	名·漢造 黃金，金子；金錢
対（たい）	名·漢造 對比，對方；同等，對等；相對，相向；（比賽）比；面對
激しい（はげしい）	形 激烈，劇烈；（程度上）很高，厲害；熱烈
勝（しょう）	漢造 勝利；名勝
争う（あらそう）	他五 爭奪；爭辯；奮鬥，對抗，競爭

◆ 球技（きゅうぎ）、陸上競技（りくじょうきょうぎ） 球類、田徑賽

球（たま）	名 球；球狀物；電燈泡
トラック【track】	名（操場、運動場、賽馬場的）跑道
ボール【ball】	名 球；(棒球)壞球
ラケット【racket】	名(網球、乒乓球等的)球拍
蹴る（ける）	他五 踢；沖破（浪等）；拒絕，駁回

活用句庫

例 日本におけるワインの消費量は、年々増加しています。	在日本，葡萄酒的消費量正在逐年增加。
例 学生時代はトラック競技の選手で、毎日５時間トレーニングをしていました。	我在學生時期是田徑選手，每天都要訓練５個小時。
例 私は過去の記憶を完全に失いました。自分の名前さえ思い出せません。	我完全失去了過去的記憶。就連自己的名字也想不起來了。

練　習

Ⅰ [a ～ e]の中から適当な言葉を選んで、(　　)に入れなさい。

a. オリンピック　b. トレーニング　c. ボール　d. スキー　e. バレエ

❶ 年末から雪が少なかったので、雪不足で(　　　　　　)場は大変です。

❷ (　　　　　　)のコンクールで入賞したら、ヨーロッパに留学したいです。

❸ ホームラン(　　　　　　)を取ったら、打った選手のサインがもらえますか。

❹ ジムのコーチが自宅でできる(　　　　　　)のメニューを作ってくれました。

Ⅱ [a ～ e]の中から適当な言葉を選んで、(　　)に入れなさい。

a. 球　b. 勝ち　c. 完全　d. トラック　e. 記録

❶ 今年の夏の気温は、10年来の(　　　　　　)を破りました。

❷ テニス部に入った最初の１か月間は、(　　　　　　)拾いばかりさせられました。

❸「(　　　　　　)に不思議の(　　　　　　)あり、負けに不思議の負けなし。」は、僕の好きな言葉です。

❹ 競技中は危険ですので、(　　　　　　)の中に入らないでください。

Ⅲ [a ～ e]の中から適当な言葉を選んで、(　　)に入れなさい。

a. チーム　b. ラケット　c. 応援　d. 勝　e. 活躍

❶ 右手に(　　　　　　)、左手にボールを持って選手が出てきました。

❷ 決勝まで勝ち進むためには、(　　　　　　)ワークが不可欠です。

❸ 両横綱がそろって全(　　　　　　)で最終日を迎えました。

❹ 我が家は、好きなチームの試合を見に行くだけでなく、(　　　　　　)グッズも買っています。

28 趣味（しゅみ）、娯楽（ごらく）、芸術（げいじゅつ）(1)

愛好、嗜好、娛樂、藝術 (1)

Track 28

◆ 趣味（しゅみ）、娯楽（ごらく） 愛好、嗜好、娛樂

アニメ【animation 之略】	名 卡通，動畫片
カルタ【carta・歌留多（かるた）】	名 紙牌；寫有日本和歌的紙牌
クイズ【quiz】	名 回答比賽，猜謎；考試
籤（くじ）	名 籤；抽籤
ゲーム【game】	名 遊戲，娛樂；比賽
ドラマ【drama】	名 劇；連戲劇；戲劇；劇本；戲劇文學；（轉）戲劇性的事件
トランプ【trump】	名 撲克牌
ハイキング【hiking】	名 健行，遠足
バラエティー【variety】	名 多樣化，豐富多變；綜藝節目（「バラエティーショー」之略稱）
ピクニック【picnic】	名 郊遊，野餐
観光（かんこう）	名・他サ 觀光，遊覽，旅遊
泊（はく）・泊（ぱく）	接尾 宿，過夜；停泊

◆ 芸術（げいじゅつ）、絵画（かいが）、彫刻（ちょうこく） 藝術、繪畫、雕刻

芸術（げいじゅつ）	名 藝術
作品（さくひん）	名 製成品；（藝術）作品，（特指文藝方面）創作
美術（びじゅつ）	名 美術
詩（し）	名・漢造 詩，詩歌
出場（しゅつじょう）	名・自サ（參加比賽）上場，入場；出站，走出場
デザイン【design】	名・自他サ 設計（圖）；（製作）圖案
会（かい）	接尾 …會，集會，組織
描く（えがく）	他五 畫，描繪；以…為形式，描寫；想像

活用句庫

例 アニメの主人公と結婚するのが子どもの頃の夢でした。
和動畫主角結婚是我兒時的夢想。

例 僕はくじ運が悪いんです。ほらね、またはずれました。
我的籤運欠佳啊，看，又沒中獎了。

例 美術大学を卒業しましたが、美術史が専門なので、絵は描けません。
雖然我畢業於美術大學，但因為專攻的是美術史，所以不會畫畫。

練　習

Ⅰ [a ～ e]の中から適当な言葉を選んで、(　　)に入れなさい。

a. デザイン　b. バラエティ　c. ゲーム　d. ハイキング　e. アニメ

❶ この頃のファミリーレストランのメニューは(　　　　　　)豊かですね。
❷ (　　　　　　)ばかりしていないで、ちょっとはお母さんを手伝って。
❸ 車は、売れる(　　　　　　)より、安全が第一です。
❹ 最近のテレビドラマは、マンガや(　　　　　　)が原作のものが多いです。

Ⅱ [a ～ e]の中から適当な言葉を選んで、(　　)に入れなさい。

a. ドラマ　b. 会　c. くじ　d. クイズ　e. 泊

❶ 母は毎週火曜日の韓国(　　　　　　)を楽しみにしています。
❷ 宝(　　　　　　)で 1000 万円当たったら、世界 1 周の船旅をしたいです。
❸ 先週、メンバーのお別れ(　　　　　　)が、盛大に開かれました。
❹ 家族で 1 (　　　　　　)旅行なんて、もう長い間していません。

Ⅲ [a ～ e]の中から適当な言葉を選んで、(　　)に入れなさい。

a. 出場　b. トランプ　c. 観光　d. 芸術　e. ピクニック

❶ 次の週末は晴れの予報なので、あの公園に(　　　　　　)をしに行きましょう。
❷ この村の画家たちは(　　　　　　)家というより、絵を描く職人に近いです。
❸ ここの豊かな自然が、都会からの(　　　　　　)客に人気です。
❹ 修学旅行の時、夜に友達と(　　　　　　)をして過ごしました。

29 趣味、娯楽、芸術 (2)

愛好、嗜好、娛樂、藝術 (2)

Track 29

◆ 音楽　音樂

演歌	名 演歌（現多指日本民間特有曲調哀愁的民謠）
曲	名·漢造 曲調；歌曲；彎曲
クラシック【classic】	名 經典作品，古典作品，古典音樂；古典的
バイオリン【violin】	名（樂）小提琴
ポップス【pops】	名 流行歌，通俗歌曲（「ポピュラーミュージック」之略稱）
ジャズ【jazz】	名·自サ（樂）爵士音樂
演奏	名·他サ 演奏
歌	漢造 唱歌；歌詞

◆ 演劇、舞踊、映画　戲劇、舞蹈、電影

アクション【action】	名 行動，動作；（劇）格鬥等演技
エスエフ（SF）【science fiction】	名 科學幻想
コメディー【comedy】	名 喜劇
ホラー【horror】	名 恐怖，戰慄
ミュージカル【musical】	名 音樂劇；音樂的，配樂的
演劇	名 演劇，戲劇
オペラ【opera】	名 歌劇
歌劇	名 歌劇
ストーリー【story】	名 故事，小說；（小說、劇本等的）劇情，結構
場面	名 場面，場所；情景，（戲劇、電影等）場景，鏡頭；市場的情況，行情
舞台	名 舞台；大顯身手的地方
化	漢造 化學的簡稱；變化

◆ 行事、一生の出来事

儀式活動、一輩子會遇到的事情

クリスマス【christmas】	名 聖誕節
祭り	名 祭祀；祭日，廟會祭典
帰省	名·自サ 歸省，回家（省親），探親
招く	他五（搖手、點頭）招呼；招待，宴請；招聘，聘請；招惹，招致
祝う	他五 祝賀，慶祝；祝福；送賀禮；致賀詞

活用句庫

例 これって、いつもお父さんがカラオケで歌う曲ですよ。

這是爸爸每次去卡拉 OK 時必唱的曲目哦！

例 夏休みに、子ども向けのクラシックコンサートを開いています。

專為兒童舉辦的古典音樂會將在暑假拉開序幕。

例 いつかあの舞台に立って、大勢の観客の前で歌いたいです。

希望未來的某一天我能站在那座舞臺上，在許多觀眾面前唱歌。

練　習

I [a ～ e]の中から適当な言葉を選んで、(　　)に入れなさい。

a. アクション	b. 演歌	c. 演奏	d. ホラー	e. 演劇

❶ 今までに一番怖いと思った (　　　　　　) 映画は何ですか。

❷ 若い頃はポップスしか聴かなかったが、年を取るとだんだん (　　　　　　) が好きになってきました。

❸ 22 歳で (　　　　　　) の世界に飛び込んで 10 年、初めて主役になれました。

❹ 彼は今ハリウッドで最も注目されている (　　　　　　) 俳優です。

II [a ～ e]の中から適当な言葉を選んで、(　　)に入れなさい。

a. 場面	b. バイオリン	c. 舞台	d. ストーリー	e. 祭り

❶ この神社は、鎌倉の郊外を (　　　　　　) に高校生たちの生活を描いたアニメで有名になりました。

❷ 昨日見た映画は、映像はきれいだったが、(　　　　　　) は期待したほど面白くなかったです。

❸ 花火大会や夏のお (　　　　　　) には浴衣を着て行きます。

❹ 映画の最後、主役が自転車で帰っていく時の (　　　　　　) は忘れられません。

III [a ～ e]の中から適当な言葉を選んで、(　　)に入れなさい。

a. ＳＦ	b. オペラ	c. コメディー	d. ジャズ	e. クラシック

❶ 6月にウィーンへ行くので、(　　　　　　) のチケットを早めに予約しました。

❷ (　　　　　　) 喫茶は、今でもレコードを流している所が多いです。

❸ 何も考えずに笑いたい時、(　　　　　　) ドラマを見ます。

❹ 宇宙人や未来都市の出てくる (　　　　　　) 小説が大好きです。

30 数量（すうりょう）、図形（ずけい）、色彩（しきさい）(1)

數量、圖形、色彩 (1)

Track 30

◆ 数（かず） 數目

数（かず）	名 數，數目；多數，種種
桁（けた）	名（房屋、橋樑的）橫樑，桁架；算盤的主柱；數字的位數
数字（すうじ）	名 數字；各個數字
奇数（きすう）	名（數）奇數
整数（せいすう）	名（數）整數
ナンバー【number】	名 數字，號碼；（汽車等的）牌照
パーセント【percent】	名 百分率
兆（ちょう）	名・漢造 徵兆；（數）兆
度（ど）	名・漢造 尺度；程度；溫度；次數，回數；規則，規定；氣量，氣度
秒（びょう）	名・漢造（時間單位）秒
プラス【plus】	名・他サ（數）加號，正號；正數；有好處，利益；加（法）；陽性
マイナス【minus】	名・他サ（數）減，減法；減號，負數；負極；（溫度）零下
各（かく）	接頭 各，每人，每個，各個

◆ 計算（けいさん） 計算

イコール【equal】	名 相等；（數學）等號
足し算（たしざん）	名 加法，加算
引き算（ひきざん）	名 減法
掛け算（かけざん）	名 乘法
割り算（わりざん）	名（算）除法
計（けい）	名 總計，合計；計畫，計
計算（けいさん）	名・他サ 計算，演算；估計，算計，考慮
分数（ぶんすう）	名（數學的）分數
小数（しょうすう）	名（數）小數
小数点（しょうすうてん）	名 小數點
四捨五入（ししゃごにゅう）	名・他サ 四捨五入
電卓（でんたく）	名 電子計算機（「電子式卓上計算機（でんししきたくじょうけいさんき）」之略稱）
割合（わりあい）	名 比例；比較起來
割り・割（わり・わり）	造語 分配；（助數詞用）十分之一，一成；比例；得失
合う（あう）	自五 正確，適合；一致，符合；對，準；合得來；合算
数える（かぞえる）	他下一 數，計算；列舉，枚舉

◆ 回数（かいすう）、順番（じゅんばん） 次數、順序

順番（じゅんばん）	名 輪班（的次序），輪流，依次交替
一列（いちれつ）	名 一列，一排
トップ【top】	名 尖端；（接力賽）第一棒；領頭，率先；第一位，首位，首席
着（ちゃく）	名・接尾・漢造 到達，抵達；（計算衣服的單位）套；（記數順序或到達順序）著，名；穿衣；黏貼；沉著；著手

れつ 列	名·漢造 列，隊列，隊；排列；行，列，級，排	お こ 追い越す	他五 超過，追趕過去
れんぞく 連続	名·他サ·自サ 連續，接連	く かえ 繰り返す	他五 反覆，重覆
だい 第	漢造·接頭 順序；考試及格，錄取	つぎつぎ つぎつぎ つぎつぎ 次々・次々に・次々と	副 一個接一個，接二連三地，絡繹不絕的，紛紛；按著順序，依次
い 位	接尾 位；身分，地位	ふたた 再び	副 再一次，又，重新

練習

Ⅰ [a ～ e]の中から適当な言葉を選んで、(　　)に入れなさい。

a. マイナス　b. プラス　c. パーセント　d. ナンバー　e. イコール

❶ 好きだけど付き合えないって、どういうことですか。好き(　　　　　　)付き合うことではないんですか。

❷ 何だかとても不安で、いろいろなことを(　　　　　　)に考えてしまいます。

❸ あの人はトップというよりは(　　　　　　) 2タイプですね。

❹ 日本の高齢化率は 2025 年には 30 (　　　　　　)を超えるとみられています。

Ⅱ [a ～ e]の中から適当な言葉を選んで、(　　)に入れなさい。

a. 分数　b. 割合　c. 電卓　d. 順番　e. 連続

❶ 酢と醤油と砂糖を1：1：1の(　　　　　　)で混ぜてください。

❷ 我が校は２年(　　　　　　)で日本語スピーチコンテストで優勝しました。

❸ それでは右端の方から(　　　　　　)に自己紹介してください。

❹ 算盤から(　　　　　　)に代わって、難しい計算もすぐできるようになりました。

Ⅲ [a ～ e]の中から適当な言葉を選んで、(　　)に入れなさい。

a. 各　b. 計　c. 数　d. 着　e. 桁

❶「日本の人口って 1200 万人ぐらいですか。」「まさか、１(　　　　　　)違いますよ。」

❷ お茶が足りるかしら。すみませんが、参加者の(　　　　　　)を数えてください。

❸ 山下氏以下５名は(　　　　　　) ５名、山下氏ほか５名は(　　　　　　) ６名、これで合っていますか。

❹ タオルや浴衣などは(　　　　　　)部屋にご用意しております。

31 数量（すうりょう）、図形（ずけい）、色彩（しきさい）(2)

Track 31

數量、圖形、色彩 (2)

◆ 量（りょう）、長（なが）さ、広（ひろ）さ、重（おも）さなど (1)

量、容量、長度、面積、重量等 (1)

奥（おく）	名 裡頭，深處；裡院；盡頭
距離（きょり）	名 距離，間隔，差距
種類（しゅるい）	名 種類
少数（しょうすう）	名 少數
縦長（たてなが）	名 矩形，長形
センチ【centimeter 之略】	名 厘米，公分
短（たん）	名·漢造 短；不足，缺點
様々（さまざま）	名·形動 種種，各式各樣的，形形色色的
アップ【up】	名·他サ 增高，提高；上傳（檔案至網路）
多く（おお）	名·副 多數，許多；多半，大多
高（こう）	名·漢造 高；高處，高度；（地位等）高
濃い（こ）	形 色或味濃深；濃稠，密
浅い（あさ）	形（水等）淺的；（顏色）淡的；（程度）膚淺的，少的，輕的；（時間）短的
重ねる（かさ）	他下一 重疊堆放；再加上，蓋上；反覆，重複，屢次
切らす（き）	他五 用盡，用光
越える（こ）・超える（こ）	自下一 越過；度過；超出，超過
揃う（そろ）	自五（成套的東西）備齊；成套；一致，（全部）一樣，整齊；（人）到齊，齊聚
揃える（そろ）	他下一 使…備齊；使…一致；湊齊，弄齊，使成對
縮める（ちぢ）	他下一 縮小，縮短，縮減；縮回，捲縮，起皺紋
少なくとも（すく）	副 至少，對低，最低限度
少しも（すこ）	副（下接否定）一點也不，絲毫也不
一度に（いちど）	副 同時地，一塊地，一下子
小（こ）	接頭 小，少；稍微
ごと	接尾（表示包含在內）一共，連同
毎（ごと）	接尾 每
初（しょ）	漢造 初，始；首次，最初
最（さい）	漢造·接頭 最
全（ぜん）	漢造 全部，完全；整個；完整無缺
総（そう）	漢造 總括；總覽；總，全體；全部
足（そく）	接尾·漢造（助數詞）雙；足；足夠；添

活用句庫

例 時速とは、１時間当たりの移動距離を表した速さのことです。	所謂時速，是指每小時移動距離的速度。
例 お祭りの夜は、この辺まで賑やかな声が聞こえてきますよ。	祭典那天晚上，熱鬧的聲音連這附近都能聽見喔。
例 国際交流のためのパーティーに招かれて、スピーチをしました。	我受邀出席了國際交流的聚會，並且上臺演講。

練　習

Ⅰ [a ～ e]の中から適当な言葉を選んで、(　　)に入れなさい。

a. まるで	b. 一度に	c. 少なくとも	d. 少しも	e. 多く

❶ (　　　　　　)たくさん質問しないで、一つ質問してください。

❷ 塩を(　　　　　　)摂りすぎると、健康に良くないそうです。

❸ 今の仕事を辞めようなんて、(　　　　　　)考えたことはありません。

❹ この頃眠れないんです。毎晩(　　　　　　) ２回は目が覚めてしまいます。

Ⅱ [a ～ e]の中から適当な言葉を選んで、(　　)に入れなさい。(必要なら形を変えなさい)

a. 切らす	b. 縮める	c. 揃う	d. 重ねる	e. アップする

❶ 千円札を(　　　　　　)いたので、全部百円玉で払いました。

❷ 失敗ばかり(　　　　　　)いると、だんだん自信がなくなりますね。

❸ これ以上の利益を出したいなら、まず作業スピードを(　　　　　　)ましょう。

❹ 資料が全部(　　　　　　)ら、この封筒に入れてください。

Ⅲ [a ～ e]の中から適当な言葉を選んで、(　　)に入れなさい。

a. 掛け算	b. 奥	c. センチ	d. 距離	e. 縦長

❶ お子さんの靴のサイズは何(　　　　　　)ですか。

❷ A4 のノートが入る(　　　　　　)のバッグを探しています。

❸ 昔々、森の(　　　　　　)の(　　　　　　)に小さなお城がありました。

❹ 鉄道の料金は目的地までの(　　　　　　)に応じて計算されます。

32 数量（すうりょう）、図形（ずけい）、色彩（しきさい）(3)

數量、圖形、色彩 (3)

Track 32

◆ 量（りょう）、長（なが）さ、広（ひろ）さ、重（おも）さなど (2)
量、容量、長度、面積、重量等 (2)

トン【ton】	名（重量單位）噸，公噸，一千公斤
中身（なかみ）	名 裝在容器裡的內容物，內容；刀身
濃度（のうど）	名 濃度
続き（つづき）	名 接續，繼續；接續部分，下文；接連不斷
幅（はば）	名 寬度，幅面；幅度，範圍；勢力；伸縮空間
表面（ひょうめん）	名 表面
広さ（ひろさ）	名 寬度，幅度，廣度
ミリ【(法) millimetre 之略】	造語・名 毫，千分之一；毫米，公厘
無数（むすう）	名・形動 無數
分（ぶん）	名・漢造 部分；份；本分；地位
倍（ばい）	名・漢造・接尾 倍，加倍；(數助詞的用法)倍
不足（ふそく）	名・形動・自サ 不足，不夠，短缺；缺乏，不充分；不滿意，不平
平均（へいきん）	名・自サ・他サ 平均；(數)平均值；平衡，均衡
付き（つき）	接尾（前接某些名詞）樣子；附屬
等（とう）	接尾 等等；(助數詞用法，計算階級或順位的單位)等(級)
無（ぶ）	接頭・漢造 無，沒有，缺乏
付く（つく）	自五 附著，沾上；長，添增；跟隨；隨從，聽隨；偏坦；設有；連接著
続く（つづく）	自五 繼續，延續，連續；接連發生，接連不斷；隨後發生，接著；連著，通到，與…接連；接得上，夠用；後繼，跟上；次於，居次位
広がる（ひろがる）	自五 開放，展開；(面積、規模、範圍)擴大，蔓延，傳播
広げる（ひろげる）	他下一 打開，展開；(面積、規模、範圍)擴張，發展
含める（ふくめる）	他下一 包含，含括；囑咐，告知，指導
増やす（ふやす）	他五 繁殖；增加，添加
減らす（へらす）	他五 減，減少；削減，縮減；空(腹)
減る（へる）	自五 減，減少；磨損；(肚子)餓
僅か（わずか）	副・形動（數量、程度、價值、時間等）很少，僅僅；一點也（後加否定）
益々（ますます）	副 越發，益發，更加
やや	副 稍微，略；片刻，一會兒
ほんの	連體 不過，僅僅，一點點
名（めい）	接尾（計算人數）名，人

活用句庫

例 10トンもの土を積んだ大型トラックが工事現場に入って来ました。
一輛裝載了多達 10 噸泥土的大型卡車開進了工地。

例 かばんを開けてください。中身を確認させて頂きます。
請把包包打開，讓我檢查一下裡面的物品。

例 水100gに食塩10gが溶けている食塩水の濃度は何パーセントですか。
在 100 克的水加入 10 克的食鹽後混合出來的食鹽水濃度是幾%？

練習

I [a～e]の中から適当な言葉を選んで、（　）に入れなさい。

a. 続き	b. 中身	c. 表面	d. ミリ	e. トン

❶ ヨガマットを買うなら、厚さ1.5（　　　　　）ぐらいのがちょうどいいと思います。

❷ 祖父はいつも「人間は外見より（　　　　　）が大切だ。」と言っていました。

❸ 1円玉が浮かんでいる水の（　　　　　）に洗剤を落とすと、どうなるかな。

❹ 今晩のお話はこれでおしまいです。（　　　　　）はまた明日。

II [a～e]の中から適当な言葉を選んで、（　）に入れなさい。

a. わずか	b. 一体	c. やや	d. わざと	e. ますます

❶ 台風はこれから（　　　　　）東向きに進むそうです。

❷ 解説書が難しすぎて、読めば読むほど（　　　　　）わからなくなります。

❸ 昨日のマラソン大会で、（　　　　　）5秒の差で2位となりました。

❹ （　　　　　）どんな原因で、こんな大きなビルが倒れたんですか。

III [a～e]の中から適当な言葉を選んで、（　）に入れなさい。（必要なら形を変えなさい）

a. 付く	b. 減らす	c. 広げる	d. 含める	e. 増やす

❶ このかばんは両側にポケットが（　　　　　）いて、とても使いやすいです。

❷ 最もお安いプランは、税金を（　　　　　）も3000円を切ります。

❸ 明日30人の予約が入ったから、応援の人数を（　　　　　）ください。

❹ 残業が増えたが、健康のために運動時間は今のまま（　　　　　）ように努力しています。

33 数量(すうりょう)、図形(ずけい)、色彩(しきさい)(4)

數量、圖形、色彩(4)

Track 33

◆ 図形(ずけい)、模様(もよう)、色彩(しきさい)　圖形、花紋、色彩

型(かた)	名 模子，形，模式；樣式
図表(ずひょう)	名 圖表
三角(さんかく)	名 三角形
四角(しかく)	名 四角形，四方形，方形
丸(まる)	名・造語・接頭・接尾 圓形，球狀；句點；完全
縞(しま)	名 條紋，格紋，條紋布
縞柄(しまがら)	名 條紋花樣
縞模様(しまもよう)	名 條紋花樣
花柄(はながら)	名 花的圖樣
花模様(はなもよう)	名 花的圖樣
水玉模様(みずたまもよう)	名 小圓點圖案
ストライプ【strip】	名 條紋；條紋布
無地(むじ)	名 素色
カラー【color】	名 色，彩色；（繪畫用）顏料；特色
黒(くろ)	名 黑，黑色；犯罪，罪犯
灰色(はいいろ)	名 灰色
白(しろ)	名 白，皎白，白色；清白
ピンク【pink】	名 桃紅色，粉紅色；桃色
紫(むらさき)	名 紫，紫色；醬油；紫丁香
真っ黒(まっくろ)	名・形動 漆黑，烏黑
真っ青(まっさお)	名・形動 蔚藍，深藍；（臉色）蒼白
真っ白(まっしろ)	名・形動 雪白，淨白，皓白
茶色い(ちゃいろ)	形 茶色
真っ白い(まっしろい)	形 雪白的，淨白的，皓白的
地味(じみ)	形動 素氣，樸素，不華美；保守
混じる(まじる)・交じる(まじる)	自五 夾雜，混雜；加入，交往，交際
色(しょく)	漢造 顏色；臉色，容貌；色情；景象

活用句庫

例 卵のサンドイッチを作って、三角に切りました。	做了雞蛋三明治，然後切成三角形。
例 ストライプのシャツに白いジャケット、君はおしゃれですね。	條紋襯衫搭白色夾克，你真時髦啊。
例 研究結果は、見易いよう図表にまとめておきます。	用淺顯易懂的圖表來總結研究成果。

練　習

I [a～e]の中から適当な言葉を選んで、(　　)に入れなさい。

a. ピンク	b. 図表	c. 灰色	d. 縞模様	e. 四角

❶ 文字だけでなく(　　　　　　)も入れてレポートを書きます。

❷ 僕が応援しているチームは、黒と赤の(　　　　　　)のユニフォームがかっこいいんです。

❸ 収納ボックスは丸型より、(　　　　　　)のほうが使いやすいですよ。

❹ (　　　　　　)色のカーテンに変えたら、部屋も気分も明るくなりました。

II [a～e]の中から適当な言葉を選んで、(　　)に入れなさい。

a. 縞	b. カラー	c. 紫	d. 三角	e. 水玉模様

❶ 黒と黄色の(　　　　　　)と言えば虎、虎と言えば阪神タイガースですよね。

❷ 先生が目を(　　　　　　)にして怒ってますよ。みんな、どうしますか。

❸ 前はマスクは白と決まっていましたが、今は様々な(　　　　　　)のマスクが人気です。

❹ 日が暮れて、空が赤から(　　　　　　)に変わっていきます。

III [a～e]の中から適当な言葉を選んで、(　　)に入れなさい。(必要なら形を変えなさい)

a. 真っ白	b. 花柄	c. 真っ黒	d. 地味	e. 真っ青

❶ 今年の夏は毎日海で泳いでいたので、全身が(　　　　　　)になりました。

❷ 南国の(　　　　　　)海と空、気持ちがいいですね。

❸ 壁が(　　　　　　)だと、病院みたいに見えませんか。

❹ 服装がちょっと(　　　　　　)ですね。赤いスカーフを結んだほうがいいと思います。

34 教育（1） 教育（1）

Track 34

◆ 教育、学習（きょういく、がくしゅう） 教育、學習

教え（おしえ）	名 教導，指教，教誨；教義
家庭科（かていか）	名（學校學科之一）家事，家政
基本（きほん）	名 基本，基礎，根本
教科書（きょうかしょ）	名 教科書，教材
効果（こうか）	名 效果，成效，成績；（劇）效果
公民（こうみん）	名 公民
算数（さんすう）	名 算數，初等數學；計算數量
資格（しかく）	名 資格，身分；水準
理科（りか）	名 理科（自然科學的學科總稱）
物理（ぶつり）	名（文）事物的道理；物理（學）
化学（かがく）	名 化學
保健体育（ほけんたいいく）	名（國高中學科之一）保健體育
マスター【master】	名・他サ 精通；老闆
読書（どくしょ）	名・自サ 讀書
留学（りゅうがく）	名・自サ 留學
科（か）	名・漢造（大專院校）科系；（區分種類）科
基本的（な）（きほんてき）	形動 基本的
教わる（おそわる）	他五 受教，跟…學習
教（きょう）	漢造 教，教導；宗教

活用句庫

例 6歳で柔道を始めてから、先生の教えを守ってきました。
自從我6歲開始學習柔道以來，一直遵循著老師的教誨。

例 先月からダイエットを始めたところ、少しずつ効果が出てきました。
從上個月開始減肥，已經漸漸出現成效了。

例 読書を通して世界中を、また過去や未来を、旅するのが好きです。
我喜歡藉由閱讀而穿梭於古今中外。

練　習

Ⅰ [a ～ e]の中から適当な言葉を選んで、(　　)に入れなさい。

a. マスター	b. 資格	c. 算数	d. 基本	e. 効果

❶ こちらの初級コースではケーキ作りの(　　　　　　)が習得できます。
❷ 仕事の帰り、駅前の喫茶店で(　　　　　　)とお喋りするのが楽しみです。
❸ ゴルフボールの凹凸には、まっすぐに飛ばす(　　　　　　)があります。
❹ 気象予報の仕事には、国家(　　　　　　)が必要です。

Ⅱ [a ～ e]の中から適当な言葉を選んで、(　　)に入れなさい。

a. 教え	b. 留学	c. 教科書	d. 化学	e. 読書

❶ 会社の経営は(　　　　　　)通りにやっても、成功するとは限りません。
❷ 通勤電車の中で(　　　　　　)をする人たちをあまり見かけなくなりました。
❸ 古典は先人の(　　　　　　)を学ぶの役立ちます。
❹ 私は(　　　　　　)調味料の入った食べ物を食べると、首の周りが赤くなります。

Ⅲ [a ～ e]の中から適当な言葉を選んで、(　　)に入れなさい。

a. 公民	b. 保健体育	c. 家庭科	d. 化学	e. 物理

❶ (　　　　　　)は政治に参加することができる人々のことで、市民と似たような意味です。
❷ (　　　　　　)元素を簡単に覚える方法はありませんか。
❸ 先生はいつも「空がなぜ青いかなど、日常を(　　　　　　)で科学しよう。」と言っていました。
❹ 中学校の(　　　　　　)の授業で作ったスカートを、今も穿いています。

35 教育(2)きょういく 教育(2)

Track 35

◆ 学校（がっこう） 學校

学歴（がくれき）	名	學歷
小学生（しょうがくせい）	名	小學生
進学率（しんがくりつ）	名	升學率
専門学校（せんもんがっこう）	名	專科學校
大学院（だいがくいん）	名	（大學的）研究所
短期大学（たんきだいがく）	名	（兩年或三年制的）短期大學
中学（ちゅうがく）	名	中學，初中
新（しん）	名·漢造	新；剛收穫的；新曆
進学（しんがく）	名·自サ	升學；進修學問
退学（たいがく）	名·自サ	退學
合格（ごうかく）	名·自サ	及格；合格
校（こう）	漢造	學校；校對
在学（ざいがく）	名·自サ	在校學習，上學
落第（らくだい）	名·自サ	不及格，落榜，沒考中；留級
換わる（かわる）	自五	更換，更替
写す（うつす）	他五	抄襲，抄寫；照相；摹寫
届ける（とどける）	他下一	送達；送交；報告
祭（さい）	漢造	祭祀，祭禮；節日，節日的狂歡
時間目（じかんめ）	接尾	第…小時
年生（ねんせい）	接尾	…年級生
問（もん）	接尾	（計算問題數量）題

◆ 学生生活（がくせいせいかつ） 學生生活

課題（かだい）	名	提出的題目；課題，任務
クラスメート【classmate】	名	同班同學
チャイム【chime】	名	組鐘；門鈴
点数（てんすう）	名	（評分的）分數
課（か）	名·漢造	（教材的）課；課業；（公司等）課，科
書き取り（かきとり）	名·自サ	抄寫，記錄；聽寫，默寫
欠席（けっせき）	名·自サ	缺席

練習

I [a ～ e]の中から適当な言葉を選んで、(　　)に入れなさい。

a. 書き取り	b. 退学	c. 課題	d. チャイム	e. 学歴

❶ 苦手な科目を頑張ることが、私のこれからの(　　　　　　)です。

❷ 家庭の理由で(　　　　　　)を考えたが、アルバイトを増やして続けることにしました。

❸ 中国語の勉強では、(　　　　　　)も聞き取りも大切です。

❹ 小学校から最終(　　　　　　)まで正確に書いてください。

II [a ～ e]の中から適当な言葉を選んで、(　　)に入れなさい。

a. 進学率	b. 時間目	c. 年生	d. 在学	e. 点数

❶ お子さんのテストの(　　　　　　)が悪くても怒るのは止めましょう。

❷ 彼は大学(　　　　　　)中に、友達３人と IT 関係の会社を作りました。

❸ 上の子が高校３(　　　　　　)で、下の子が中学３(　　　　　　)なので、夏休みもどこへも行けません。

❹ 月曜日の１(　　　　　　)は遅刻する人が多いです。

III [a ～ e]の中から適当な言葉を選んで、(　　)に入れなさい。(必要なら形を変えなさい)

a. 落第する	b. 進学する	c. 欠席する	d. 写す	e. 届ける

❶ 運転免許の試験に１度(　　　　　　)も、特に恥ずかしいことではありません。

❷ 一人暮らしのお年寄りにお弁当を(　　　　　　)のが私の仕事です。

❸ 急な用事で、明日の授業を(　　　　　　)なければならなくなりました。

❹ 先生が黒板に書いたことを、そのまま(　　　　　　)だけではダメです。

36 道具（1） 工具（1）

Track 36

◆ 道具（1） 工具（1）

お玉杓子（たまじゃくし）	名 圓杓，湯杓；蝌蚪
缶（かん）	名 罐子
缶詰（かんづめ）	名 罐頭；關起來，隔離起來；擁擠的狀態
櫛（くし）	名 梳子
黒板（こくばん）	名 黑板
ゴム【（荷）gom】	名 樹膠，橡皮，橡膠
杓文字（しゃもじ）	名 杓子，飯杓
性能（せいのう）	名 性能，機能，效能
製品（せいひん）	名 製品，產品
洗剤（せんざい）	名 洗滌劑，洗衣粉（精）
タオル【towel】	名 毛巾；毛巾布
鍋（なべ）	名 鍋子；火鍋
中華鍋（ちゅうかなべ）	名 中華鍋（炒菜用的中式淺底鍋）
電池（でんち）	名（理）電池
テント【tent】	名 帳篷
鋸（のこぎり）	名 鋸子
歯車（はぐるま）	名 齒輪
旗（はた）	名 旗，旗幟；（佛）幡
修理（しゅうり）	名・他サ 修理，修繕
刺さる（さ）	自五 刺在…在，扎進，刺入

活用句庫

例 子どもの頃、毎朝母が私の髪を櫛でとかしてくれました。 小時候，每天早上媽媽都拿梳子幫我梳理頭髮。

例 髪が長い方はこのゴムで結んでからお入りください。 長頭髮的來賓請用這裡的橡皮筋把頭髮綁好後再入內。

例 間違えて、食器用の洗剤で髪を洗ってしまいました。 我誤拿洗碗精洗了頭。

練　習

I [a ～ e]の中から適当な言葉を選んで、(　　)に入れなさい。

a. タオル	b. 洗剤	c. 旗	d. 櫛	e. ゴム

❶ (　　　　　　) で髪を拭いたら、すぐにドライヤーをかけましょう。

❷ (　　　　　　) で髪をとかすだけで何本も抜けるけど、大丈夫かしら。

❸ 中学時代、髪を結ぶ (　　　　　　) の色は黒に決められていました。

❹ 汚れを拭き取ってから洗えば、使う水や (　　　　　　) の量も減らせます。

II [a ～ e]の中から適当な言葉を選んで、(　　)に入れなさい。

a. 缶詰	b. 歯車	c. テント	d. 電池	e. 鋸

❶ 家族でキャンプに行くので、(　　　　　　) をレンタルしました。

❷ (　　　　　　) で木をまっすぐ切るのは結構難しいです。

❸ 生の魚と魚の (　　　　　　) と、どちらが栄養がありますか。

❹ この頃スマホの (　　　　　　) の減りが早いです。

III [a ～ e]の中から適当な言葉を選んで、(　　)に入れなさい。

a. コーヒーカップ	b. お玉杓子	c. 缶	d. 中華鍋	e. 杓文字

❶ クッキーが入ってた (　　　　　　) はきれいだから、捨てないでください。

❷ お姉ちゃん、(　　　　　　) でお味噌汁を入れて。溢さないようにね。

❸ 手巻き寿司で、海苔の上にご飯をのせる時は小さい (　　　　　　) が便利です。

❹ (　　　　　　) が一つあれば、炒め物、揚げ物、煮物など何でも作れます。

37 道具(2) 工具(2)

Track 37

◆ 道具(2) 工具(2)

紐	名(布、皮革等的)細繩，帶
ファスナー【fastener】	名(提包、皮包與衣服上的)拉鍊
袋・～袋	名 袋子；口袋；囊
蓋	名(瓶、箱、鍋等)的蓋子；(貝類的)蓋
フライ返し【fry がえし】	名(把平底鍋裡煎的東西翻面的用具)鍋鏟
フライパン【frypan】	名 平底鍋
包丁	名 菜刀；廚師；烹調手藝
まな板	名 切菜板
湯飲み	名 茶杯，茶碗
椀・碗	名 碗，木碗；(計算數量)碗
ペンキ【(荷)pek】	名 油漆
ベンチ【bench】	名 長凳，長椅；(棒球)教練、選手席
マイク【mike】	名 麥克風
ライター【lighter】	名 打火機
ラベル【label】	名 標籤，籤條
リボン【ribbon】	名 緞帶，絲帶；髮帶；蝴蝶結
レインコート【raincoat】	名 雨衣
ロボット【robot】	名 機器人；自動裝置；傀儡
物	名・漢造 大人物；物，東西

◆ 容器類 容器類

皿	名 盤子；盤形物；(助數詞)一碟等
水筒	名(旅行用)水瓶，水壺
瓶	名 瓶，瓶子
メモリー・メモリ【memory】	名(電腦)記憶體記憶；記憶力；懷念；紀念品
ロッカー【locker】	名(公司、機關用可上鎖的)文件櫃；(公共場所用可上鎖的)置物櫃，置物箱，櫃子

活用句庫

例 靴の紐をしっかり結び直して、歩き出しました。	把鞋帶重新繫好後，我邁出了腳步。
例 パスポートは、スーツケースの、ファスナーのついたポケットの中です。	護照在旅行箱中那個有拉鍊的口袋裡。
例 息子と一緒に犬小屋を作って、屋根に青いペンキを塗りました。	我和兒子一起蓋了狗屋，並在屋頂刷上藍色的油漆。

練 習

Ⅰ [a ～ e]の中から適当な言葉を選んで、(　　)に入れなさい。

a. 包丁	b. フライパン	c. 瓶	d. 蓋	e. 湯飲み

❶ 中国茶を小さい (　　　　　　　) で飲むのは何でですか。

❷ 普段は (　　　　　　　) の付いた大きなコップでお茶を飲みます。

❸ この良く切れる (　　　　　　　) を使って、自分で刺身も作れます。

❹ 一人暮らしで料理を始めるなら、鍋より (　　　　　　　) のほうがいろんな料理が作れます。

Ⅱ [a ～ e]の中から適当な言葉を選んで、(　　)に入れなさい。

a. 紐	b. 水筒	c. 皿	d. まな板	e. 袋

❶ お母さんが、遠足に持って行く (　　　　　　　) にジュースを入れてくれました。

❷ 古い新聞は、資源ごみ回収の日に、(　　　　　　　) で結んで出してください。

❸ 庭で BBQ をするから、紙の (　　　　　　　) とコップを準備してくれませんか。

❹ さすがスーパーの店員さん、物を (　　　　　　　) に詰めるのが上手ですね。

Ⅲ [a ～ e]の中から適当な言葉を選んで、(　　)に入れなさい。

a. リボン	b. ライター	c. ペンキ	d. ロッカー	e. レインコート

❶ これはプレゼントなので、(　　　　　　　) を掛けてください。

❷ 火が消えちゃったので、(　　　　　　　) を貸してくれませんか。

❸ 雨が激しくなるから、(　　　　　　　) を持って行ったほうがいいです。

❹ 会社の (　　　　　　　) には、いつも上着を１枚入れてあります。

38 道具（どうぐ）(3) 工具 (3)

◆ 家具（かぐ）、工具（こうぐ）、文房具（ぶんぼうぐ） 傢俱、工作器具、文具

家具（かぐ）	名 家具
家電製品（かでんせいひん）	名 家用電器
金槌（かなづち）	名 釘錘，榔頭；旱鴨子
エアコン【air conditioning 之略】	名 空調；溫度調節器
クーラー【cooler】	名 冷氣設備
ヒーター【heater】	名 電熱器，電爐；暖氣裝置
洗濯機（せんたくき）	名 洗衣機
扇風機（せんぷうき）	名 風扇，電扇
掃除機（そうじき）	名 除塵機，吸塵器
ドライヤー【dryer・drier】	名 乾燥機，吹風機
ミシン【sewingmachine 之略】	名 縫紉機
アイロン【iron】	名 熨斗，烙鐵
たんす	名 衣櫥，衣櫃，五斗櫃
食器棚（しょっきだな）	名 餐具櫃，碗廚
炊飯器（すいはんき）	名 電子鍋
電子レンジ（でんしレンジ）【でんし range】	名 電子微波爐
トースター【toaster】	名 烤麵包機
瀬戸物（せともの）	名 陶瓷品
絨毯（じゅうたん）	名 地毯
カーペット【carpet】	名 地毯
枕（まくら）	名 枕頭
ソファー【sofa】	名 沙發（亦可唸作「ソファ」）
チョーク【chalk】	名 粉筆
手帳（てちょう）	名 筆記本，雜記本
便箋（びんせん）	名 信紙，便箋
インキ【ink】	名 墨水
インク【ink】	名 墨水，油墨（也寫作「インキ」）
定規（じょうぎ）	名（木工使用）尺，規尺；標準
文房具（ぶんぼうぐ）	名 文具，文房四寶
鋏（はさみ）	名 剪刀；剪票鉗
アルバム【album】	名 相簿，記念冊
カード【card】	名 卡片；撲克牌
席（せき）	名・漢造 席，坐墊；席位，坐位
機（き）	名・接尾・漢造 機器；時機；飛機；（助數詞用法）架
指す（さす）	他五 指，指示；使，叫，令，命令做…

活用句庫

例 結婚式のときの写真をアルバムにして、親戚に配るつもりです。	我打算將婚禮的照片做成相冊，分發給親戚們。
例 リビングにはイタリア製の高級家具が並んでいました。	客廳裡擺放著義大利製造的高級傢俱。
例 ああ、暑い。クーラーの効いた部屋でアイスクリームが食べたいなあ。	唉，好熱啊。真想在冷氣房裡吃冰淇淋哦。

練　習

Ⅰ [a～e]の中から適当な言葉を選んで、(　　)に入れなさい。

a. アイロン	b. カーペット	c. クーラー	d. インキ	e. ヒーター

❶ この(　　　　　　)、さっきから全然涼しくなりません。壊れていませんか。

❷ プリンターは高くないが、(　　　　　　)は高いし、すぐなくなります。

❸ シャツの(　　　　　　)は、日曜日の朝にまとめてかけることにしています。

❹ 今年はいつまでも寒くて、4月になっても(　　　　　　)をつけています。

Ⅱ [a～e]の中から適当な言葉を選んで、(　　)に入れなさい。

a. 箪笥	b. 手帳	c. はさみ	d. 枕	e. 金槌

❶ 糸を切るから、もう少し小さい(　　　　　　)をください。

❷ (　　　　　　)に石鹸を入れておくと、服がいい匂いになります。

❸ 以前は紙の(　　　　　　)を使っていたが、今はスマホだけで足ります。

❹ この(　　　　　　)に変えてから、朝起きた時、首が痛いんです。

Ⅲ [a～e]の中から適当な言葉を選んで、(　　)に入れなさい。

a. 便箋	b. チョーク	c. ドライヤー	d. 電子レンジ	e. 瀬戸物

❶ 髪は濡れたままにしないで、(　　　　　　)で乾かしましょう。

❷ 母はこの間の旅行で、そこの(　　　　　　)の皿を買って帰って来ました。

❸ 目上の人にお礼状を書く時は、葉書より(　　　　　　)のほうがいいです。

❹ お弁当を買って来たから、(　　　　　　)で温めて食べましょう。

39 道具(どうぐ)(4) 工具(4)

Track 39

◆ 照明(しょうめい)、光学機器(こうがくきき)、音響(おんきょう)、情報機器(じょうほうきき)
燈光照明、光學儀器、音響、信息器具

CD ドライブ【CD drive】	名 光碟機
DVD デッキ【DVD tape deck 之略】	名 DVD 播放機
DVD ドライブ【DVD drive】	名(電腦用的)DVD 機
カセット【cassette】	名 小暗盒;(盒式)錄音磁帶，錄音帶
テープ【tape】	名 窄帶，線帶，布帶;卷尺;錄音帶
ディスプレイ【display】	名 陳列，展覽，顯示;(電腦的)顯示器
デジタル【digital】	名 數位的，數字的，計量的
デジカメ【digital camera 之略】	名 數位相機(「デジタルカメラ」之略稱)
電気(でんき)スタンド【でんき stand】	名 檯燈
電球(でんきゅう)	名 電燈泡
ライト【light】	名 燈，光
蛍光灯(けいこうとう)	名 螢光燈，日光燈
懐中電灯(かいちゅうでんとう)	名 手電筒
ハードディスク【hard disk】	名(電腦)硬碟
ビデオ【video】	名 影像，錄影;錄影機;錄影帶
プリンター【printer】	名 印表機;印相片機
コピー【copy】	名 抄本，謄本，副本;(廣告等的)文稿
ファックス【fax】	名・サ変 傳真
マウス【mouse】	名 滑鼠;老鼠
キーボード【keyboard】	名(鋼琴、打字機等)鍵盤
画面(がめん)	名(繪畫的)畫面;照片，相片;(電影等)畫面，鏡頭
録音(ろくおん)	名・他サ 錄音
録画(ろくが)	名・他サ 錄影
携帯(けいたい)	名・他サ 攜帶;手機(「携帯電話(けいたいでんわ)」的簡稱)
停電(ていでん)	名・自サ 停電，停止供電
写(うつ)る	自五 照相，映顯;顯像;(穿透某物)看到
点(つ)ける	他下一 點燃;打開(家電類)

活用句庫

例 カセットに入っていた音楽をパソコンにコピーしました。
我將錄音帶中的音樂複製到電腦裡了。

例 ビデオに映っていたのは、40 歳くらいの小太りの男でした。
出現在錄影帶裡的是一位 40 歲左右的微胖男子。

例 山に登るときは、十分な量の飲み物、食べ物を各自携帯してください。
登山時，請各自攜帶足夠的飲料和食物。

練習

I [a ~ e]の中から適当な言葉を選んで、(　　)に入れなさい。

a. プリンター　b. 画面　c. ビデオ　d. デジタル　e. 蛍光灯

❶ 家に(　　　　　　)がないなら、コンビニに行って印刷したらどうですか。

❷ 時間がなくて、見ていない(　　　　　　)がどんどん溜まっていきます。

❸ テレビの(　　　　　　)は大きければ大きいほどいいというわけではありません。

❹ スマホの普及とともに(　　　　　　)カメラは売れなくなっていきました。

II [a ~ e]の中から適当な言葉を選んで、(　　)に入れなさい。

a. DVD ドライブ　b. エアコン　c. マウス　d. 録画　e. ファックス

❶ 毎日英語のニュースを(　　　　　　)をして、繰り返し見ています。

❷ おじいちゃん、今日幼稚園で描いた絵を(　　　　　　)で送りますね。

❸ (　　　　　　)が動かなくなったので、操作がしにくくなりました。

❹ ノートパソコンに(　　　　　　)が付いていなかったので、外付けを買いました。

III [a ~ e]の中から適当な言葉を選んで、(　　)に入れなさい。

a. テープ　b. 電気スタンド　c. キーボード　d. 懐中電灯　e. 電球

❶ 今夜は月が明るいので、(　　　　　　)を持たなくても歩けます。

❷ 切れた(　　　　　　)を取り替えてくれました。ずいぶん明るくなりましたよね。

❸ 隣の席の人が(　　　　　　)を打つ音がうるさくて、困っています。

❹ ビデオ(　　　　　　)は早いうちに DVD に焼いておきましょう。

40 職業（しょくぎょう）、仕事（しごと）(1)　職業、工作 (1)

Track 40

◆ 仕事（しごと）、職場（しょくば）　工作、職場

オフィス【office】	名	辦公室，辦事處；公司；政府機關
自信（じしん）	名	自信，自信心
実力（じつりょく）	名	實力，實際能力
上司（じょうし）	名	上司，上級
働き（はたらき）	名	勞動，工作；作用，功效；功勞，功績；功能，機能
責任（せきにん）	名	責任，職責
名刺（めいし）	名	名片
戻り（もどり）	名	恢復原狀；回家；歸途
例外（れいがい）	名	例外
レベル【level】	名	水平，水準；水平線；水平儀
割り当て（わりあて）	名	分配，分擔
重要（じゅうよう）	名·形動	重要，要緊
成功（せいこう）	名·自サ	成功，成就，勝利；功成名就，成功立業
休憩（きゅうけい）	名·自サ	休息
通勤（つうきん）	名·自サ	通勤，上下班
交換（こうかん）	名·他サ	交換；交易
就職（しゅうしょく）	名·自サ	就職，就業，找到工作
退職（たいしょく）	名·自サ	退職，退休
残業（ざんぎょう）	名·自サ	加班
失業（しつぎょう）	名·自サ	失業
代表（だいひょう）	名·他サ	團體中的代表；可代指整體的部分特徵；領域中的傑出代表
変更（へんこう）	名·他サ	變更，更改，改變
命令（めいれい）	名·他サ	命令，規定；（電腦）指令
面接（めんせつ）	名·自サ	（為考察人品、能力而舉行的）面試，接見，會面
重（じゅう）	名·漢造	（文）重大；穩重；重要
副（ふく）	名·漢造	副本，抄件；副；附帶
例（れい）	名·漢造	慣例；先例；例子
有利（ゆうり）	形動	有利
片付く（かたづく）	自五	收拾，整理好；得到解決，處裡好；出嫁
役立つ（やくだつ）	自五	有用，有益
役立てる（やくだてる）	他下一	（供）使用，使…有用
済ます（すます）	他五·接尾	弄完，辦完；償還，還清；對付，將就，湊合；（接在其他動詞連用形下面）表示完全成為……
済ませる（すませる）	他五·接尾	弄完，辦完；償還，還清；將就，湊合
辞める（やめる）	他下一	辭職；休學
お目に掛かる（おめにかかる）	慣	（謙讓語）見面，拜會
役に立てる（やくにたてる）	慣	（供）使用，使…有用

活用句庫

例 A社と契約が取れたのは、君の働きのおかげだ。よくやった。	能和Ａ公司簽約全是你的功勞。做得好！
例 僕は上司と飲みに行くのは嫌いではないですよ。ただですからね。	我並不討厭和上司一起去喝酒哦！因為不用我出錢。
例 大学の授業はレベルが高くて、ほとんど理解できません。	大學的課程難度很高，我幾乎無法理解。

練習

Ⅰ [a～e]の中から適当な言葉を選んで、(　　)に入れなさい。

a. 戻り	b. 割り当て	c. 上司	d. 名刺	e. 責任

❶「部長、お(　　　　　　)はどうなさいますか。」「タクシーにするよ。」

❷ お互いに(　　　　　　)を出したら、右手で自分のを出し、左手で相手のを受け取りましょう。

❸ 結婚式で(　　　　　　)にスピーチをしてもらうために、お願いに行きました。

❹ もう子どもではないのだから、自分のしたことには(　　　　　　)をもつべきです。

Ⅱ [a～e]の中から適当な言葉を選んで、(　　)に入れなさい。

a. 通勤	b. レベル	c. 残業	d. 休憩	e. 働き

❶ 生活(　　　　　　)を上げるのは簡単だが、下げるのは難しいです。

❷ (　　　　　　)に時間がかかるので、もう少し会社に近い所に引っ越したいです。

❸ 植物の葉の(　　　　　　)について調べて、レポートを書きました。

❹ ここを片づけたら、庭でゆっくり(　　　　　　)をしましょう。

Ⅲ [a～e]の中から適当な言葉を選んで、(　　)に入れなさい。(必要なら形を変えなさい)

a. 役立つ	b. 就職する	c. 済ませる	d. 辞める	e. 変更する

❶ 結婚しても今の仕事を(　　　　　　)で、ずっと働き続けたいです。

❷ 明後日から始まるのに、今からスケジュールを(　　　　　　)のは無理です。

❸ 携帯電話の料金をなるべく安く(　　　　　　)たいです。

❹ アメリカ旅行に(　　　　　　)英語を覚えたいです。

41 職業(しょくぎょう)、仕事(しごと)(2) 職業、工作(2)

Track 41

◆ 職業(しょくぎょう)、事業(じぎょう)(1) 職業、事業(1)

アナウンサー【announcer】	名 廣播員，播報員
記者(きしゃ)	名 執筆者，筆者；(新聞)記者，編輯
作家(さっか)	名 作家，作者，文藝工作者；藝術家，藝術工作者
画家(がか)	名 畫家
ウェーター・ウェイター【waiter】	名 (餐廳等的)侍者，男服務員
ウェートレス・ウェイトレス【waitress】	名 (餐廳等的)女侍者，女服務生
エンジニア【engineer】	名 工程師，技師
音楽家(おんがくか)	名 音樂家
作曲家(さっきょくか)	名 作曲家
歌手(かしゅ)	名 歌手，歌唱家
カメラマン【cameraman】	名 攝影師；(報社、雜誌等)攝影記者
医師(いし)	名 醫師，大夫
看護師(かんごし)	名 護士，看護
介護士(かいごし)	名 專門照顧身心障礙者日常生活的專門技術人員
教員(きょういん)	名 教師，教員
教師(きょうし)	名 教師，老師
銀行員(ぎんこういん)	名 銀行行員
行員(こういん)	名 銀行職員
警察官(けいさつかん)	名 警察官，警官
建築家(けんちくか)	名 建築師
会社員(かいしゃいん)	名 公司職員
サラリーマン【salariedman】	名 薪水階級，職員
自営業(じえいぎょう)	名 獨立經營，獨資
運転士(うんてんし)	名 司機；駕駛員，船員
運転手(うんてんしゅ)	名 司機
駅員(えきいん)	名 車站工作人員，站務員
車掌(しゃしょう)	名 車掌，列車員
客室乗務員(きゃくしつじょうむいん)	名 (車、飛機、輪船上)服務員
経営(けいえい)	名・他サ 經營，管理
業(ぎょう)	名・漢造 業，職業；事業；學業

練 習

Ⅰ [a ～ e]の中から適当な言葉を選んで、(　　)に入れなさい。

a. ウェーター	b. エンジニア	c. アナウンサー
d. カメラマン	e. サラリーマン	

❶ 会社から給料をもらって生活しているという点では、部長も課長も皆(　　　　　)です。

❷ カメラ付きのスマートフォンが普及して、プロの(　　　　　)の仕事は厳しくなりました。

❸ (　　　　　)を目指しているので、高校では放送部に入りました。

❹ 工場建設のために、(　　　　　)として海外に行くことになりました。

Ⅱ [a ～ e]の中から適当な言葉を選んで、(　　)に入れなさい。

a. 記者	b. 看護師	c. 自営業	d. 運転手	e. 駅員

❶ かつては(　　　　　)が立っていましたが、今はほとんど自動改札になりました。

❷ (　　　　　)の仕事は時間外労働がとても多いのに給料が安く、なかなか大変です。

❸ バスやタクシーの(　　　　　)になるには、特別な免許が要ります。

❹ 会社員と(　　　　　)者では、税金の納め方が違います。

Ⅲ [a ～ e]の中から適当な言葉を選んで、(　　)に入れなさい。

a. 教員	b. 作曲家	c. 作家	d. 警察官	e. 行員

❶ 小説を書いて得る収入だけで生活できる(　　　　　)は、そう多くないです。

❷ うちの銀行は(　　　　　)の教育を十分に行っているとは言えません。

❸ 父は高校の(　　　　　)として40年働いた後、大学の講師になりました。

❹ 子どもの頃から市民の安全を守る(　　　　　)になりたかったんです。

42 職業、仕事 (3)　職業、工作 (3)

Track 42

◆ 職業、事業 (2)　職業、事業 (2)

- 巡査（じゅんさ）　名 巡警
- スポーツ選手【sportsせんしゅ】　名 運動選手
- 政治家（せいじか）　名 政治家（多半指議員）
- 弁護士（べんごし）　名 律師
- 大工（だいく）　名 木匠，木工
- 調理師（ちょうりし）　名 烹調師，廚師
- 農家（のうか）　名 農民，農戶；農民的家
- パート【part time 之略】　名（按時計酬）打零工
- デザイナー【designer】　名（服裝、建築等）設計師
- 俳優（はいゆう）　名（男）演員
- 女優（じょゆう）　名 女演員
- ダンサー【dancer】　名 舞者；舞女；舞蹈家
- ピアニスト【pianist】　名 鋼琴師，鋼琴家
- ミュージシャン【musician】　名 音樂家
- パイロット【pilot】　名 領航員；飛行駕駛員；實驗性的
- フライトアテンダント【flight attendant】　名 空服員
- 美容師（びようし）　名 美容師
- 保育士（ほいくし）　名 保育士
- 郵便局員（ゆうびんきょくいん）　名 郵局局員
- 漁師（りょうし）　名 漁夫，漁民
- 通訳（つうやく）　名・他サ 口頭翻譯，口譯；翻譯者，譯員
- プロ【professional 之略】　名 職業選手，專家
- 引き受ける（ひきうける）　他下一 承擔，負責；照應，照料；應付，對付；繼承

◆ 家事　家務

- 裁縫（さいほう）　名・自サ 裁縫，縫紉
- 整理（せいり）　名・他サ 整理，收拾，整頓；清理，處理；捨棄，淘汰，裁減
- 片付け（かたづけ）　名 整理，整頓，收拾
- 片付ける（かたづける）　他下一 收拾，打掃；解決
- 乾かす（かわかす）　他五 曬乾；晾乾；烤乾
- 畳む（たたむ）　他五 疊，折；闔，闔上；關閉，結束；藏在心裡
- 詰める（つめる）　他下一・自下一 守候，值勤；不停的工作，緊張；塞進，裝入；緊挨著，緊靠著
- 縫う（ぬう）　他五 縫，縫補；刺繡；穿過，穿行；（醫）縫合（傷口）
- 拭く（ふく）　他五 擦，抹

活用句庫

例 今は交番勤務の巡査だが、いつかは刑事になりたいです。
雖然現在只是派出所的巡警，但總有一天我要當上刑警！

例 彼はイギリスのバレエ団で踊っていたダンサーです。
他是在英國芭蕾舞團跳舞的舞者。

例 パイロットから、この後少し揺れます、と放送が入りました。
機長廣播待會會稍微搖晃。

練　習

Ⅰ [a～e]の中から適当な言葉を選んで、(　　)に入れなさい。

a. 整理	b. 裁縫	c. 漁師	d. 農家	e. パート

❶ お母さんは三つの(　　　　　)をして、一人で私を育ててきました。

❷ 東京の仕事を辞めて、田舎でみかん(　　　　　)を始めるつもりです。

❸ (　　　　　)になるために、海の近くの町に引っ越して来ました。

❹ この頃は料理も(　　　　　)も好きだという男の子が増えました。

Ⅱ [a～e]の中から適当な言葉を選んで、(　　)に入れなさい。

a. プロ	b. 通訳	c. 調理師	d. 片づけ	e. ピアニスト

❶ この大学の留学生は語学力を活かして、たいてい(　　　　　)のアルバイトをしています。

❷ 引っ越しの(　　　　　)は、まずスケジュール表作りからです。

❸ 日本の(　　　　　)専門学校に留学して、日本料理の作り方を学びました。

❹ どの世界でも(　　　　　)として生きていくには、普通以上の努力が大切です。

Ⅲ [a～e]の中から適当な言葉を選んで、(　　)に入れなさい。

a. 政治家	b. 弁護士	c. 大工	d. 俳優	e. 保育士

❶ この頃のテレビドラマの(　　　　　)は、よくバラエティ番組にも出ていますね。

❷ 裁判の前に、(　　　　　)とよく相談してください。

❸「素敵なお宅ですね。」「(　　　　　)さんと一から相談して建てました。」

❹ (　　　　　)にとって、子どもたちの笑顔が一番のプレゼントです。

43 生産（せいさん）、産業（さんぎょう） 生產、產業

Track 43

農業（のうぎょう）	名	農耕；農業
完成（かんせい）	名・自他サ	完成
工事（こうじ）	名・自サ	工程，工事
サンプル【sample】	名・他サ	樣品，樣本
商（しょう）	名・漢造	商，商業；商人；(數)商；商量
進歩（しんぽ）	名・自サ	進步
産（さん）	名・漢造	生產，分娩；(某地方)出生；財產
生産（せいさん）	名・他サ	生產，製造；創作(藝術品等)；生業，生計
建（た）つ	自五	蓋，建
建（た）てる	他下一	建造，蓋
交（ま）ざる	自五	混雜，交雜，夾雜
混（ま）ざる	自五	混雜，夾雜

活用句庫

例 国民の食を支える農業には、もっと若い人の力が必要です。
提供國民食物來源的農業需要更多年輕人的力量。

例 日本の眼鏡の９割は、この町で生産されています。
日本的眼鏡有９成產自這座城鎮。

例 うちの隣に 15 階建てのマンションが建つそうです。
據說我們隔壁即將蓋一棟 15 層樓的大廈。

練習

I [a ～ e]の中から適当な言葉を選んで、（　　）に入れなさい。（必要なら形を変えなさい）

a. 建てる	b. 詰める	c. 交ざる	d. 工事する	e. 生産する

❶ この建物は、有名な設計士が自分のために（　　　　　）家だそうです。
❷ 我が社は、パソコンを（　　　　　）メーカーと協力関係にあります。
❸ あの子の話すフランス語は、ときどき英語が（　　　　　）います。
❹（　　　　　）いる場所に入る時は、周囲に気をつけなければなりません。

II [a ～ e]の中から適当な言葉を選んで、（　　）に入れなさい。

a. 産	b. 商	c. サンプル	d. 農業	e. 業

❶ デパートの化粧品売り場で口紅の無料（　　　　　）をもらいました。
❷ アジアの雑貨を輸入するために、貿易（　　　　　）の登録をしました。
❸ この地域は農村地帯で、ほとんどの家が（　　　　　）をしています。
❹ 彼は世界中に多くの不動（　　　　　）を所有する資（　　　　　）家です。

III [a ～ e]の中から適当な言葉を選んで、（　　）に入れなさい。（必要なら形を変えなさい）

a. 混ざる	b. 進歩する	c. 引き受ける	d. 完成する	e. 建つ

❶ 子どもの時、フランスに１年住んでいたせいか、彼のフランス語は他の人より（　　　　　）います。
❷ この島の習慣には、多くの国や民族の文化が（　　　　　）います。
❸ 郊外には大型のショッピングセンターが次々に（　　　　　）います。
❹ この辞書が（　　　　　）のに、10 年という長い時間がかかりました。

44 経済（けいざい）(1) 經濟 (1)

Track 44

◆ 取り引き（とりひき） 交易

回数券（かいすうけん）	名（車票等的）回數票
自動（じどう）	名 自動（不單獨使用）
商品（しょうひん）	名 商品，貨品
ブランド【brand】	名（商品的）牌子；商標
プリペイドカード【prepaid card】	名 預先付款的卡片（電話卡、影印卡等）
レシート【receipt】	名 收據；發票
契約（けいやく）	名・自他サ 契約，合同
両替（りょうがえ）	名・他サ 兌換，換錢，兌幣
セット【set】	名・他サ 一組，一套；舞台裝置，布景；（網球等）盤，局；組裝，裝配；梳整頭髮
ヒット【hit】	名・自サ 大受歡迎，最暢銷；（棒球）安打
代える（かえる）・換える（かえる）・替える（かえる）	他下一 代替，代理；改變，變更，變換
結ぶ（むすぶ）	他五・自五 連結，繫結；締結關係，結合，結盟；（嘴）閉緊，（手）握緊
割り込む（わりこむ）	自五 擠進，插隊；闖進；插嘴

◆ 価格（かかく）、収支（しゅうし）、貸借（たいしゃく） 價格、收支、借貸

貸し（かし）	名 借出，貸款；貸方；給別人的恩惠
貸し賃（かしちん）	名 租金，賃費
借り（かり）	名 借，借入；借的東西；欠人情；怨恨，仇恨
給料（きゅうりょう）	名 工資，薪水
物価（ぶっか）	名 物價
ボーナス【bonus】	名 特別紅利，花紅；獎金，額外津貼，紅利
得（とく）	名・形動 利益；便宜
支出（ししゅつ）	名・他サ 開支，支出
清算（せいさん）	名・他サ 結算，清算；清理財產；結束，了結
値上がり（ねあがり）	名・自サ 價格上漲，漲價
値上げ（ねあげ）	名・他サ 提高價格，漲價
ただ	名・副 免費，不要錢；普通，平凡；只有，只是（促音化為「たった」）
返る（かえる）	自五 復原；返回；回應
下がる（さがる）	自五 後退；下降
助（じょ）	漢造 幫助；協助

活用句庫

例 月に1回病院に通うために、バスの回数券を買っています。
因為每個月要去醫院一次，所以我買了巴士的回數票。

例 セットしておけば、好きな時間に自動でお風呂が沸きます。
只要先設定好，就會在您想要的時間自動蓄滿熱洗澡水。

例 損だとか得だとかじゃないんだ。みんなの役に立ちたいだけなんです。
這無關吃虧或是佔便宜。我只是想幫上大家的忙而已。

練　習

I [a～e]の中から適当な言葉を選んで、（　　）に入れなさい。

a. 貸し賃　b. 自動　c. 給料　d. 値上がり　e. 回数券

❶ あの人は会社の（　　　　　　）をすべて奥さんに渡しているそうです。
❷ この冷蔵庫は、水を入れると（　　　　　　）的に氷を作ってくれます。
❸ どうぞ自由に私の車を使ってください。（　　　　　　）は結構です。
❹「ここの映画館は（　　　　　　）ってあるんですか。」「いいえ、1回1回券を買ってください。」

II [a～e]の中から適当な言葉を選んで、（　　）に入れなさい。

a. ボーナス　b. ヒット　c. プリペイドカード　d. レシート　e. ブランド

❶ 買い物の（　　　　　　）を見せると、駐車場が2時間まで無料になります。
❷ 素敵なアクセサリーですね。どこの（　　　　　　）ですか。
❸（　　　　　　）で買い物をすると、割引があるみたいです。
❹ 年に2回も（　　　　　　）がある正社員が羨ましいなあ。

III [a～e]の中から適当な言葉を選んで、（　　）に入れなさい。（必要なら形を変えなさい）

a. 返る　b. 清算する　c. 替える　d. 下がる　e. 割り込む

❶ 家族だけで話をしているから、勝手に（　　　　　　）来ないでください。
❷ 宝くじで当たった金で借りた金を（　　　　　　）、もう1度新しくスタートします。
❸ この車はもう10年以上乗ったから、そろそろ新車に（　　　　　　）たいです。
❹ これ以上気温が（　　　　　　）と、畑の野菜がダメになります。

45 経済（けいざい）(2) 經濟 (2)

Track 45

◆ 消費（しょうひ）、費用（ひよう）(1) 消費、費用 (1)

衣料費（いりょうひ）	名 服裝費
医療費（いりょうひ）	名 治療費，醫療費
運賃（うんちん）	名 票價；運費
学費（がくひ）	名 學費
ガス料金（りょうきん）	名 瓦斯費
薬代（くすりだい）	名 藥費；醫藥費，診療費
交際費（こうさいひ）	名 應酬費用
交通費（こうつうひ）	名 交通費，車馬費
光熱費（こうねつひ）	名 電費和瓦斯費等
住居費（じゅうきょひ）	名 住宅費，居住費
修理代（しゅうりだい）	名 修理費
授業料（じゅぎょうりょう）	名 學費
使用料（しようりょう）	名 使用費
食事代（しょくじだい）	名 餐費，飯錢
食費（しょくひ）	名 伙食費，飯錢
水道代（すいどうだい）	名 自來水費
水道料金（すいどうりょうきん）	名 自來水費
生活費（せいかつひ）	名 生活費
電気代（でんきだい）	名 電費
税金（ぜいきん）	名 稅金，稅款
送料（そうりょう）	名 郵費，運費
奢る（おごる）	自五·他五 奢侈，過於講究；請客，作東
納める（おさめる）	他下一 交，繳納

活用句庫

例 私も妻も健康なので、医療費はほとんどかかりません。 | 我和妻子都很健康，所以幾乎沒有支出醫療費用。

例 薬局で薬代を払ったら、財布の中身がなくなりました。 | 在藥局付了藥費以後，錢包就空空如也了。

例 税金は安い方がいいが、何より正しく使われることが重要です。 | 雖然繳納的稅金越少越好，但更重要的是必須用在真正需要的地方。

練　習

I [a ～ e]の中から適当な言葉を選んで、(　　)に入れなさい。

a. 医療費	b. 衣料費	c. ガス料金	d. 学費	e. 節約

❶ 時間の (　　　　　　) のために、新幹線で通勤しています。

❷ 治療を受けたいけど、(　　　　　　) が払えない時は、区役所に相談してください。

❸ 月々の (　　　　　　) は、メーターの数字を見て計算します。

❹ 国立と私立では大学の (　　　　　　) がずいぶん違いますね。

II [a ～ e]の中から適当な言葉を選んで、(　　)に入れなさい。

a. 小銭	b. 水道代	c. 運賃	d. 薬代	e. 食事代

❶ ICカードの普及によって、電車やバスの (　　　　　　) の支払いが便利になりました。

❷ (　　　　　　) は2か月に1回、マンションの管理人が集金に来ます。

❸ (　　　　　　) が多いと、財布が重くなるので困ります。

❹ 朝食と夕食は実家で摂るので、(　　　　　　) を母に渡しています。

III [a ～ e]の中から適当な言葉を選んで、(　　)に入れなさい。(必要なら形を変えなさい)

a. 奢る	b. 結ぶ	c. 貯金する	d. 預ける	e. 納める

❶ 前回 (　　　　　　) もらったから、今日のランチ代は僕が出します。

❷ (　　　　　　) 人が多いと、世の中にお金が回らないため、景気は悪くなります。

❸ 茶道教室の授業料は現金で (　　　　　　) ください。

❹ ホテルのパーティーでは、受付でコートを (　　　　　　) から会場に入ります。

46 経済(3) 經濟(3)

Track 46

◆ 消費、費用(2) 消費、費用(2)

チケット代【ticket だい】	㊔ 票錢
治療代	㊔ 治療費，診察費
手数料	㊔ 手續費；回扣
電気料金	㊔ 電費
電車代	㊔ 坐電車的費用
電車賃	㊔ 坐電車的費用
電話代	㊔ 電話費
入場料	㊔ 入場費，進場費
バス代【bus だい】	㊔ 公車(乘坐)費
バス料金【bus りょうきん】	㊔ 公車(乘坐)費
タクシー代【taxi だい】	㊔ 計程車費
タクシー料金【taxi りょうきん】	㊔ 計程車費
部屋代	㊔ 房租；旅館住宿費
家賃	㊔ 房租
本代	㊔ 買書錢
郵送料	㊔ 郵費
洋服代	㊔ 服裝費
レンタル料【rental りょう】	㊔ 租金
料	(接尾) 費用，代價
費	(漢造) 消費，花費；費用

◆ 財産、金銭 財產、金錢

金	㊔ 金屬；錢，金錢
小銭	㊔ 零錢；零用錢；少量資金
賞金	㊔ 賞金；獎金
節約	(名·他サ) 節約，節省
貯金	(名·自他サ) 存款，儲蓄
預かる	(他五) 收存，(代人)保管；擔任，管理，負責處理；保留，暫不公開
預ける	(他下一) 寄放，存放；委託，託付
溜める	(他下一) 積，存，蓄；積壓，停滯

練習

Ⅰ [a～e]の中から適当な言葉を選んで、(　　)に入れなさい。

a. 手数料	b. 電気代	c. 電話代	d. 電車代	e. バス代

❶ 電話番号を変えないで、別の携帯電話会社に乗り換えたいんですが、(　　　　　　)は要りますか。

❷ 財布を忘れてバスに乗ってしまったら、親切な人が(　　　　　　)をくれました。

❸ 夏の(　　　　　　)を節約するために、クーラーは28度にしましょう。

❹ このプランは何分話しても(　　　　　　)は同じです。時間を気にしなくてもいいです。

Ⅱ [a～e]の中から適当な言葉を選んで、(　　)に入れなさい。

a. タクシー料金	b. チケット代	c. レンタル料	d. 送料	e. 洋服代

❶ 京都へ行ったら、着物を着たいですね。(　　　　　　)はいくらでしょう。

❷ 直前にキャンセルして、船の(　　　　　　)が全額無駄になりました。

❸ 娘の学校は制服がないので、(　　　　　　)がかかってしょうがありません。

❹ ネットで買い物をする時、(　　　　　　)が要るか要らないかは重要です。

Ⅲ [a～e]の中から適当な言葉を選んで、(　　)に入れなさい。

a. 賞金	b. 家賃	c. 治療代	d. 本代	e. 入場料

❶ 海外で病気になったら(　　　　　　)が高くかかるので、保険に入っておきましょう。

❷ (　　　　　　)を振り込むのを忘れていました。大家さんに連絡しなくてはいけません。

❸ ツアー料金には(　　　　　　)とショーの料金、お飲み物代が含まれています。

❹ 学費は、授業料以外に、授業で使う(　　　　　　)も結構かかります。

47 政治（せいじ） 政治

◆ 政治（せいじ）、行政（ぎょうせい）、国際（こくさい） 政治、行政、國際

県庁（けんちょう）	名 縣政府
国籍（こくせき）	名 國籍
道庁（どうちょう）	名 北海道的地方政府（「北海道庁」之略稱）
都庁（とちょう）	名 東京都政府（「東京都庁」之略稱）
パスポート【passport】	名 護照；身分證
府庁（ふちょう）	名 府辦公室
民間（みんかん）	名 民間；民營，私營
民主（みんしゅ）	名 民主，民主主義
省（しょう）	名・漢造 省掉；（日本內閣的）省，部
選挙（せんきょ）	名・他サ 選舉，推選
町（ちょう）	名・漢造（市街區劃單位）街，巷；鎮，街
国際的（こくさいてき）	形動 國際的
庁（ちょう）	漢造 官署；行政機關的外局
国（こく）	漢造 國；政府；國際，國有

◆ 軍事（ぐんじ） 軍事

兵隊（へいたい）	名 士兵，軍人；軍隊
平和（へいわ）	名・形動 和平，和睦
倒す（たおす）	他五 倒，放倒，推倒，翻倒；推翻，打倒；毀壞，拆毀；打敗，擊敗；殺死，擊斃；賴帳，不還債
弾（だん）	漢造 砲彈
戦（せん）	漢造 戰爭；決勝負，體育比賽；發抖

活用句庫

例 北海道の道庁所在地は札幌です。
北海道的行政機關位於札幌。

例 引っ越しをしたので、府庁へ住所変更の手続きに行きました。
因為我搬家了，所以去政府機構辦理了變更住址的手續。

例 私たち一人一人にも、世界の平和のためにできることがあります。
我們每一個人都可以為世界和平貢獻一份力量。

練　習

Ⅰ [a～e]の中から適当な言葉を選んで、(　　)に入れなさい。

a. 国籍	b. 民間	c. 庁	d. 民主	e. 県庁

❶ 日本人ですが、アメリカで生まれたので、アメリカの(　　　　　　)もあります。
❷ 市役所は市民、(　　　　　　)は民間企業を相手とした仕事が多いです。
❸ この頃地震が多いので、いつも気象(　　　　　　)のＨＰをチェックしています。
❹ 私たちの会は、子どもと「子ども食堂」と、それを応援する人たちを結ぶ(　　　　　　)団体です。

Ⅱ [a～e]の中から適当な言葉を選んで、(　　)に入れなさい。

a. 町	b. 選挙	c. 弾	d. パスポート	e. 省

❶ 18歳の皆さん、政治に参加するための手段である(　　　　　　)について今から考えてみましょう。
❷ 本店は大阪府西区池田(　　　　　　)にあります。
❸ (　　　　　　)の番号が変わったら、いろいろな手続きをしなければなりません。
❹ 来週から夏のバーゲンセール第１(　　　　　　)が始まります。お楽しみに！

Ⅲ [a～e]の中から適当な言葉を選んで、(　　)に入れなさい。

a. 国	b. 戦	c. 平和	d. 兵隊	e. 府庁

❶ 大阪(　　　　　　)は地下鉄の駅から歩いて５分、東には大阪城公園があります。
❷ 小中学校では、夏休みの前に(　　　　　　)について考える授業があります。
❸ 両グループはお互いに、テレビCMなどによる宣伝(　　　　　　)を行いました。
❹ 長男は18歳の若さで(　　　　　　)にとられ、そして帰って来ませんでした。

48 法律、規則、犯罪（ほうりつ、きそく、はんざい） 法律、規則、犯罪

Track 48

決まり（き）	名 規定，規則；習慣，常規，慣例；終結；收拾整頓
条件（じょうけん）	名 條件；條文，條款
ルール【rule】	名 規章，章程；尺，界尺
偽（にせ）	名 假，假冒；贋品
事件（じけん）	名 事件，案件
犯人（はんにん）	名 犯人
プライバシー【privacy】	名 私生活，個人私密
禁煙（きんえん）	名·自サ 禁止吸菸；禁菸，戒菸
禁止（きんし）	名·他サ 禁止
証明（しょうめい）	名·他サ 證明
殺す（ころ）	他五 殺死，致死；抑制，忍住，消除；埋沒；浪費，犧牲，典當；殺，（棒球）使出局
起こる（お）	自五 發生，鬧；興起，興盛；（火）著旺
捕まる（つか）	自五 抓住，被捉住，逮捕；抓緊，揪住

練習

Ⅰ [a ～ e]の中から適当な言葉を選んで、(　　)に入れなさい。

a. 偽	b. 犯人	c. 決まり	d. 事件	e. プライバシー

❶ 私は探偵ですが、みんなの満足するように、大きな(　　　　　　　)を解決することは難しいです。

❷ 夜 10 時までに帰るという寮の(　　　　　　　)を破ってしまいました。

❸ (　　　　　　　)を守るために、学校は名簿や住所録を作らなくなりました。

❹ 知り合いから 30 万円で買った皿が、10 年後に(　　　　　　　)物だとわかりました。

Ⅱ [a ～ e]の中から適当な言葉を選んで、(　　)に入れなさい。

a. 禁煙	b. 禁止	c. 契約	d. 条件	e. ルール

❶「立ち入り(　　　　　　　)」は、ここに入ってはいけないという意味です。

❷ 3階から7階までは(　　　　　　　)ルーム、8階のみ喫煙ルームになっております。

❸ 子どもにスマホや部屋を与える時は、家庭での(　　　　　　　)を決めておきましょう。

❹ 1日だけという(　　　　　　　)でバイクを貸したのに、3日経ってもまだ返してくれません。

Ⅲ [a ～ e]の中から適当な言葉を選んで、(　　)に入れなさい。(必要なら形を変えなさい)

a. 捕まる	b. 証明する	c. 殺す	d. 起こる	e. 検査する

❶ 近所で一家5人が殺されたらしいです。犯人が(　　　　　　　)まで心配で寝られません。

❷ 事件が(　　　　　　　)のは昨夜 10 時頃ですか。何も聞こえませんでした。

❸ 手続きの際には、本人であることを(　　　　　　　)書類をお持ちください。

❹ 犯人は泣きながら何度も「(　　　　　　　)つもりはなかった。」と言いました。

49 心理（しんり）、感情（かんじょう）(1) 心理、感情 (1)

Track 49

◆ 心（こころ）(1) 心、內心 (1)

單字	讀音	詞性・意思
印象	いんしょう	名 印象
思い	おもい	名（文）思想，思考；感覺，情感；想念，思念；願望，心願
思い出	おもいで	名 回憶，追憶，追懷；紀念
宗教	しゅうきょう	名 宗教
幸福	こうふく	名・形動 沒有憂慮，非常滿足的狀態
幸せ	しあわせ	名・形動 運氣，機運；幸福，幸運
感心	かんしん	名・形動・自サ 欽佩；贊成；（貶）令人吃驚
影響	えいきょう	名・自サ 影響
感動	かんどう	名・自サ 感動，感激
緊張	きんちょう	名・自サ 緊張
感	かん	名・漢造 感覺，感動；感
悔しい	くやしい	形 令人懊悔的
凄い	すごい	形 非常（好）；厲害；好的令人吃驚；可怕，嚇人
羨ましい	うらやましい	形 羨慕，令人嫉妒，眼紅
飽きる	あきる	自上一 夠，滿足；厭煩，煩膩
感じる・感ずる	かんじる・かんずる	自他上一 感覺，感到；感動，感觸，有所感
生む	うむ	他五 產生，產出
思いやる	おもいやる	他五 體諒，表同情；想像，推測
構う	かまう	自他五 介意，顧忌，理睬；照顧，招待；調戲，逗弄；放逐
何時の間にか	いつのまにか	副 不知不覺地，不知什麼時候

活用句庫

例 二人で手を繋いでこの橋を渡ると幸せになれるんだって。
據說兩個人手牽手走過這座橋就可以得到幸福。

例 あの子は小さい弟や妹の面倒をよく見ていて、本当に感心しますよ。
那個孩子經常照顧年幼的弟弟妹妹，真是值得誇獎。

例 練習の時はできるのに、本番になると緊張して失敗してしまいます。
練習時明明都能成功，但是正式演出時就因緊張而失敗了。

練　習

I [a ～ e]の中から適当な言葉を選んで、(　　)に入れなさい。(必要なら形を変えなさい)

a. 溜める	b. 飽きる	c. 感心する	d. 感じる	e. 生む

❶ 年を取るにつれて、時間が経つのを早く(　　　　　　)ようになりました。

❷ おいしそうなケーキ。1度でいいから(　　　　　　)ほど食べてみたいわ。

❸ 甥は10年かけて父親の会社を大きくしました。その頑張りには(　　　　　　)ばかりです。

❹ これは、大自然が(　　　　　　)素晴らしい景色を毎週ご紹介する番組です。

II [a ～ e]の中から適当な言葉を選んで、(　　)に入れなさい。(必要なら形を変えなさい)

a. 思いつく	b. 感動する	c. 緊張する	d. 構う	e. 思いやる

❶ 人前で話す時やテストの時など、(　　　　　　)おなかが痛くなってしまいます。

❷ 不幸な時ほど相手を(　　　　　　)気持ちを大切にしたいが、難しいです。

❸ 彼と仲良くなったのは、(　　　　　　)本や映画が同じだったからです。

❹「一体どうしたの。」「私に(　　　　　　)で。あっちへ行って。」

III [a ～ e]の中から適当な言葉を選んで、(　　)に入れなさい。

a. 印象	b. 幸せ	c. 影響	d. 頼み	e. 思い出

❶ 子どもの時台湾に住んでいた(　　　　　　)を、1冊の本にまとめました。

❷ 結婚おめでとう。お二人の(　　　　　　)を心から祈っています。

❸ JR山手線は、事故の(　　　　　　)で30分の遅れが出ています。

❹ 写真の入った名刺は会社の名前しか入っていない名刺より、(　　　　　　)に残ります。

50 心理、感情（2）

しんり かんじょう

心理、感情（2）

Track 50

◆ 心（こころ）（2） 心、內心（2）

不幸（ふこう）	㊔ 不幸，倒楣；死亡，喪事
夢（ゆめ）	㊔ 夢；夢想
素朴（そぼく）	名・形動 樸素，純樸，質樸；（思想）純樸
秘密（ひみつ）	名・形動 秘密，機密
不思議（ふしぎ）	名・形動 奇怪，難以想像，不可思議
平気（へいき）	名・形動 鎮定，冷靜；不在乎，不介意，無動於衷
無駄（むだ）	名・形動 徒勞，無益；浪費，白費
尊敬（そんけい）	名・他サ 尊敬
退屈（たいくつ）	名・自サ・形動 無聊，鬱悶，寂寞，厭倦
不自由（ふじゆう）	名・形動・自サ 不自由，不如意，不充裕；（手腳）不聽使喚；不方便
満足（まんぞく）	名・自他サ・形動 滿足，令人滿意的，心滿意足；滿足，符合要求；完全，圓滿
楽（らく）	名・形動・漢造 快樂，安樂，快活；輕鬆，簡單；富足，充裕
もったいない	形 可惜的，浪費的；過份的，惶恐的，不敢當
良い（よい）	形 好的，出色的；漂亮的；（同意）可以
豊か（ゆたか）	形動 豐富，寬裕；豐盈；十足，足夠
のんびり	副・自サ 舒適，逍遙，悠然自得
ほっと	副・自サ 嘆氣貌；放心貌
まさか	副 （後接否定語氣）絕不…，總不會…，難道；萬一，一旦

練習

Ⅰ [a～e]の中から適当な言葉を選んで、(　　)に入れなさい。(必要なら形を変えなさい)

a. 平気	b. 退屈	c. 素朴	d. 満足	e. 無駄

❶ (　　　　　　　)映画でしたが、初めてのデートだったので、我慢して見ました。

❷ この経験を(　　　　　　　)にしないように、国へ帰っても頑張りたいです。

❸ このカレーはおばあちゃんのカレーに似て、(　　　　　　　)味ですね。

❹ 君になら(　　　　　　　)で何でも言えます。だから君も遠慮しないで何でも言ってください。

Ⅱ [a～e]の中から適当な言葉を選んで、(　　)に入れなさい。(必要なら形を変えなさい)

a. 楽	b. もったいない	c. 不自由	d. 豊か	e. 良い

❶ 私の大学のキャンパスは緑(　　　　　　　)で、留学生が大勢いました。

❷ 毎日５分の掃除で、年末の大掃除を(　　　　　　　)にしてしまいましょう。

❸ そのソファ、まだ使えるでしょ。捨てるのも(　　　　　　　)し、私に頂戴。

❹ ご高齢のお客様やお体の(　　　　　　　)お客様へのサービスを紹介します。

Ⅲ [a～e]の中から適当な言葉を選んで、(　　)に入れなさい。(必要なら形を変えなさい)

a. ほっとする	b. 任せる	c. 満足する	d. 尊敬する	e. のんびりする

❶ 今の生活に(　　　　　　　)いるけど、次の目標がないままでいいのかな。

❷ なくした財布が見つかって(　　　　　　　)いたら、今度はスマホがなくなりました。

❸ やっと退院できたので、しばらく祖母の家で(　　　　　　　)たいです。

❹ 私が(　　　　　　　)いるのは、父が亡くなった後、私たち兄弟を一人で育ててくれた母です。

51 心理（しんり）、感情（かんじょう）(3)　心理、感情 (3)

◆ 意志（いし）　意志

目的（もくてき）	名 目的，目標
癖（くせ）	名 癖好，脾氣，習慣；(衣服的)摺線；頭髮亂翹
参加（さんか）	名・自サ 參加，加入
実行（じっこう）	名・他サ 實行，落實，施行
希望（きぼう）	名・他サ 希望，期望，願望
強調（きょうちょう）	名・他サ 強調；權力主張；(行情)看漲
我慢（がまん）	名・他サ 忍耐，克制，將就，原諒；(佛)饒恕
自慢（じまん）	名・他サ 自滿，自誇，自大，驕傲
挑戦（ちょうせん）	名・自サ 挑戰
申請（しんせい）	名・他サ 申請，聲請
我慢強い（がまんづよい）	形 忍耐性強，有忍耐力
不注意（ふちゅうい）(な)	形動 不注意，疏忽，大意
勇気（ゆうき）	形動 勇敢
与える（あたえる）	他下一 給與，供給；授與；使蒙受；分配
避ける（さける）	他下一 躲避，避開，逃避；避免，忌諱
刺す（さす）	他五 刺，穿，扎；螫，咬，釘；縫綴，衲；捉住，黏捕
信じる（しんじる）・信ずる（しんずる）	他上一 信，相信；確信，深信；信賴，可靠；信仰
騙す（だます）	他五 騙，欺騙，誆騙，矇騙；哄
薦める（すすめる）	他下一 勸告，勸告，勸誘；勸，敬(煙、酒、茶、座等)
勧める（すすめる）	他下一 勸告，勸誘；勸，進(煙茶酒等)
任せる（まかせる）	他下一 委託，託付；聽任，隨意；盡力，盡量
守る（まもる）	他五 保衛，守護；遵守，保守；保持(忠貞)；(文)凝視
申し込む（もうしこむ）	他五 提議，提出；申請；報名；訂購；預約
譲る（ゆずる）	他五 讓給，轉讓；謙讓，讓步；出讓，賣給；改日，延期
続ける（つづける）	接尾 (接在動詞連用形後，複合語用法)繼續…，不斷地…
直す（なおす）	接尾 (前接動詞連用形)重做…
じっと	副・自サ 保持穩定，一動不動；凝神，聚精會神；一聲不響地忍住；無所做為，呆住
どうしても	副 (後接否定)怎麼也，無論怎樣也；務必，一定，無論如何也要

活用句庫

例 この料理は臭いといって嫌う人もいますが、癖になる人も多いんですよ。
雖然有人嫌這道料理很臭，但也有許多人吃上癮了。

例 あの男は計画を立てただけです。実行犯は別にいます。
那名男子只負責擬訂計畫而已。實際犯下罪行的另有其人。

例 気分が悪いときは、我慢しないで休んでくださいね。
不舒服的時候請不要忍耐，好好休息哦。

練　習

Ⅰ [a ～ e]の中から適当な言葉を選んで、(　　)に入れなさい。(必要なら形を変えなさい)

a. 申請する	b. 強調する	c. 我慢する	d. 自慢する	e. 挑戦する

❶ 教科書の大事な部分を(　　　　　　)ために、下線を引きました。
❷ 私は新しいことに(　　　　　　)より、今までやってきたことをもっと大切にしたいです。
❸ 辛いことがあるのなら、(　　　　　　)ないで、泣いてもいいですよ。
❹ (　　　　　　)わけではないけど、私の父は小さな会社を持っています。

Ⅱ [a ～ e]の中から適当な言葉を選んで、(　　)に入れなさい。(必要なら形を変えなさい)

a. 直す	b. 与える	c. 申し込む	d. 騙す	e. 刺す

❶ 彼は「この古い絵は50万円だから。」と言って、父を(　　　　　　)お金を借りていました。
❷ ちょっとパソコンの調子が悪いんですけど、(　　　　　　)くれませんか。
❸ 肉と野菜を順番に(　　　　　　)、塩胡椒を振ってください。
❹ 10分の時間を(　　　　　　)。やるかどうかをよく考えてください。

Ⅲ [a ～ e]の中から適当な言葉を選んで、(　　)に入れなさい。

a. 実行	b. 癖	c. 勇気	d. 夢	e. 目的

❶ 日本語学習の(　　　　　　)は、日本語のアニメを見ることです。
❷ 校長先生が話す時の(　　　　　　)は、「やっぱり」を何度も言うことですよね。
❸ 好きな人に告白するのは(　　　　　　)が要ります。
❹ 準備は全部できたから、明日は予定通り(　　　　　　)をしましょう。

52 心理（しんり）、感情（かんじょう）(4)

心理、感情 (4)

Track 52

◆ 好き（すき）、嫌い（きらい） 喜歡、討厭

粗（あら）	名 缺點，毛病
人気（にんき）	名 人緣，人望
愛（あい）	名·漢造 愛，愛情；友情，恩情；愛好，熱愛；喜愛；喜歡；愛惜
不満（ふまん）	名·形動 不滿足，不滿，不平
夢中（むちゅう）	名·形動 夢中，在睡夢裡；不顧一切，熱中，沉醉，著迷
面倒（めんどう）	名·形動 麻煩，費事；繁瑣，棘手；照顧，照料
熱中（ねっちゅう）	名·自サ 熱中，專心；酷愛，著迷於
迷惑（めいわく）	名·自サ 麻煩，煩擾；為難，困窘；討厭，妨礙，打擾
流行（りゅうこう）	名·自サ 流行，時髦，時興；蔓延
恋愛（れんあい）	名·自サ 戀愛

◆ 喜び（よろこび）、笑い（わらい） 高興、笑

楽しみ（たのしみ）	名 期待，快樂
喜び（よろこび）・慶び（よろこび）	名 高興，歡喜，喜悅；喜事，喜慶事；道喜，賀喜
笑い（わらい）	名 笑；笑聲；嘲笑，譏笑，冷笑
愉快（ゆかい）	名·形動 愉快，暢快；令人愉快，討人喜歡；令人意想不到
興奮（こうふん）	名·自サ 興奮，激昂；情緒不穩定
叫ぶ（さけぶ）	自五 喊叫，呼叫，大聲叫；呼喊，呼籲
高まる（たかまる）	自五 高漲，提高，增長；興奮

練習

Ⅰ [a ～ e]の中から適当な言葉を選んで、（　　）に入れなさい。

a. 夢中	b. 迷惑	c. 粗	d. 笑い	e. 楽しみ

❶ 明るい（　　　　　　）は心を明るくし、体を健康にしてくれます。

❷ 彼女を嫌いになったわけではないが、付き合えば付き合うほど（　　　　　　）が見えてきました。

❸ 昔の親は「人に（　　　　　　）をかけるな。」とよく言いましたが、今の親はどうですか。

❹ 1回やってみると、登山の（　　　　　　）がわかると思います。

Ⅱ [a ～ e]の中から適当な言葉を選んで、（　　）に入れなさい。（必要なら形を変えなさい）

a. 流行する	b. 叫ぶ	c. 高まる	d. 熱中する	e. 興奮する

❶ このスマホは値段も安いし、カメラの性能もいいので、若い人の間で人気が（　　　　　　）いるそうです。

❷ 山を歩きながら「ヤッホー」と（　　　　　　）ら、向こうのほうから「ヤッホー」と返って来ました。

❸ 本気で（　　　　　　）ことができるものがないような人生は、退屈だと思います。

❹ 午後の会議では、来年（　　　　　　）そうな色について話し合うことになっています。

Ⅲ [a ～ e]の中から適当な言葉を選んで、（　　）に入れなさい。

a. 喜び	b. 恋愛	c. 希望	d. 不満	e. 面倒

❶ 政府のやり方に（　　　　　　）が高まっているのを、首相は知りませんか。

❷ 初デートは（　　　　　　）映画とアクション映画のどっちがいいでしょう。

❸ 毎日で大変だけど、息子のお弁当を作るのが私の（　　　　　　）です。

❹ ご（　　　　　　）をおかけしますが、こちらのアンケートのほうもよろしくお願いします。

53 心理、感情(5)

心理、感情(5)

Track 53

◆ 悲しみ、苦しみ　悲傷、痛苦

悲しみ	名 悲哀，悲傷，憂愁，悲痛
ストレス【stress】	名（語）重音；（理）壓力；（精神）緊張狀態
負け	名 輸，失敗；減價；（商店送給客戶的）贈品
別れ	名 別，離別，分離；分支，旁系
苦しい	形 艱苦；困難；難過；勉強
溜まる	自五 事情積壓；積存，囤積，停滯

◆ 驚き、恐れ、怒り　驚懼、害怕、憤怒

怒り	名 憤怒，生氣
騒ぎ	名 吵鬧，吵嚷；混亂，鬧事；轟動一時（的事件），激動，振奮
ショック【shock】	名 震動，刺激，打擊；（手術或注射後的）休克
暴力	名 暴力，武力
文句	名 詞句，語句；不平或不滿的意見，異議
不安	名・形動 不安，不放心，擔心；不穩定

◆ 感謝、後悔　感謝、悔恨

礼儀	名 禮儀，禮節，禮法，禮貌
詫び	名 賠不是，道歉，表示歉意
感謝	名・自他サ 感謝
礼	名・漢造 禮儀，禮節，禮貌；鞠躬；道謝，致謝；敬禮；禮品
非	名・接頭 非，不是
後悔	名・他サ 後悔，懊悔
反省	名・他サ 反省，自省（思想與行為）；重新考慮
憎らしい	形 可憎的，討厭的，令人憎恨的
助かる	自五 得救，脫險；有幫助，輕鬆；節省（時間、費用、麻煩等）
許す	他五 允許，批准；寬恕；免除；容許；承認；委託；信賴；疏忽，放鬆；釋放
申し訳ない	寒暄 實在抱歉，非常對不起，十分對不起

活用句庫

例 仕事のストレスで胃に穴が空いてしまいました。	由於工作壓力導致胃穿孔了。
例 ここは怒った方が負けですよ。まず冷静になりなさい。	被激怒的話就輸了，總之先冷靜下來！
例 彼女との別れは、悲し過ぎてあまり覚えていません。	和她分手太悲傷了，以至於我已經想不太起來了。

練　習

I [a ～ e]の中から適当な言葉を選んで、(　　)に入れなさい。

a. ショック	b. 礼儀	c. ストレス	d. 文句	e. 詫び

❶ 彼は最近テレビに(　　　　　　)ばかり言っていますね。嫌なら見なければいいのに。

❷ 精神的な(　　　　　　)を受けて以来、声が出せなくなってしまいました。

❸ どんな仕事にも(　　　　　　)はあるが、頑張って乗り越えましょう。

❹ 迷惑をかけた相手に、お(　　　　　　)の品にお菓子などを持って行きます。

II [a ～ e]の中から適当な言葉を選んで、(　　)に入れなさい。

a. 騒ぎ	b. 別れ	c. 怒り	d. 負け	e. 悲しみ

❶ またお客さんと喧嘩したのか。今度(　　　　　　)を起こしたら、辞めてもらうぞ。

❷ 先生が亡くなられたことを知り、私の心は(　　　　　　)でいっぱいです。

❸ 嘘をつき続ける彼に、私は(　　　　　　)で手が震えてきました。

❹ 会うは(　　　　　　)の始め、始めがあれば終わりがあります。だから(　　　　　　)が来るまでの時間を大切にしたいです。

III [a ～ e]の中から適当な言葉を選んで、(　　)に入れなさい。(必要なら形を変えなさい)

a. 溜まる	b. 助かる	c. 後悔する	d. 許す	e. 反省する

❶ ひろし君がお皿を運んでくれて、ママ、本当に(　　　　　　)わ。

❷ ごめんなさい。もうしませんから(　　　　　　)ください。

❸ ストレスが(　　　　　　)ら、カラオケに行って大きな声で歌います。

❹ やらなくて(　　　　　　)くらいなら、やったほうがいいです。

54 思考、言語(1)（しこう げんご）

思考、語言(1)

Track 54

◆ 思考（しこう） 思考

アイディア【idea】	名 主意，想法，構想；(哲)觀念
考え（かんが）	名 思想，想法，意見；念頭，觀念，信念；考慮，思考；期待，願望；決心
感想（かんそう）	名 感想
狙い（ねら）	名 目標，目的；瞄準，對準
意外（いがい）	名·形動 意外，想不到，出乎意料
可能（かのう）	名·形動 可能
誤解（ごかい）	名·他サ 誤解，誤會
想像（そうぞう）	名·他サ 想像
提案（ていあん）	名·他サ 提案，建議
予想（よそう）	名·自サ 預料，預測，預計
まし(な)	形動 (比)好些，勝過；像樣
思い描く（おもえが）	他五 在心裡描繪，想像
思い付く（おもつ）	自他五 (忽然)想起，想起來
変わる（か）	自五 變化；與眾不同；改變時間地點，遷居，調任
望む（のぞ）	他五 遠望，眺望；指望，希望；仰慕，景仰
迷う（まよ）	自五 迷，迷失；困惑；迷戀；(佛)執迷；(古)(毛線、線繩等)絮亂，錯亂
つい	副 (表時間與距離)相隔不遠，就在眼前；不知不覺，無意中；不由得，不禁
もしかすると	副 也許，或，可能
相変わらず（あいか）	副 照舊，仍舊，和往常一樣
案外（あんがい）	副·形動 意想不到，出乎意外
もしかしたら	連語·副 或許，萬一，可能，說不定
もしかして	連語·副 或許，可能

活用句庫

例 来年の新製品について、アイディアを募集しています。
正在蒐集有關於明年新產品的創意發想。

例 仕事のやり方について改善できることを提案します。
我想針對工作方式提出可供改善的方案。

例 この映画は、予想通りのストーリーで、全然面白くありませんでした。
這部電影的劇情就和我預料的一模一樣，一點都不精彩。

練　習

Ⅰ [a ～ e]の中から適当な言葉を選んで、(　　)に入れなさい。

a. 狙い	b. 誤解	c. アイディア	d. 可能	e. 予想

❶ 昨日一緒にいらした方は叔母さまなんですか。お若いんですね。(　　　　　)をしてごめんなさい。
❷ ２段落目をもう１度よく読んで、作者の(　　　　　)を考えてみましょう。
❸ 朝早く森を散歩していると、新しい曲の(　　　　　)が次々に湧いてきました。
❹ 彼の手紙は(　　　　　)外の内容で、私はどうしたらいいかわかりませんでした。

Ⅱ [a ～ e]の中から適当な言葉を選んで、(　　)に入れなさい。

a. つい	b. 案外	c. どうしても	d. 相変わらず	e. もしかすると

❶ 沖縄は南国のイメージがあったが、風が強くて、冬は(　　　　　)寒かったです。
❷ (　　　　　)、週末に会議の予定が入ってしまうかもしれません。
❸ あ、もう５時ですね。楽しくて、(　　　　　)話し込んでしまいました。
❹ このカフェ、３年ぶりに来たけど、(　　　　　)お客さんが多いです。

Ⅲ [a ～ e]の中から適当な言葉を選んで、(　　)に入れなさい。(必要なら形を変えなさい)

a. 断る	b. 思いつく	c. 迷う	d. 提案する	e. 望む

❶ それはいい考えですね。明日の会議で(　　　　　)みたらどうですか。
❷ あなたが(　　　　　)なら、時間がかかっても歩いていきましょう。
❸「付ける」かなあ、「着ける」かなあ。そうだ、(　　　　　)ら平仮名だ。
❹ (　　　　　)アイディアは、すぐにメモしなければ忘れてしまいます。

55 思考、言語（2） 思考、語言（2）

Track 55

◆ 判断（はんだん） 判斷

手段（しゅだん）	名	手段，方法，辦法
頼み（たのみ）	名	懇求，請求，拜託；信賴，依靠
違い（ちがい）	名	不同，差別，區別；差錯，錯誤
調査（ちょうさ）	名·他サ	調查
チェック【check】	名·他サ	確認，檢查；核對，打勾；格子花紋；支票；號碼牌
削除（さくじょ）	名·他サ	刪掉，刪除，勾消，抹掉
確認（かくにん）	名·他サ	證實，確認，判明
賛成（さんせい）	名·自サ	贊成，同意
反対（はんたい）	名·自サ	相反；反對
徹底（てってい）	名·自サ	徹底；傳遍，普遍，落實
適当（てきとう）	名·形動·自サ	適當；適度；隨便
思い切り（おもいきり）	名·副	斷念，死心；果斷，下決心；狠狠地，盡情地，徹底的
省略（しょうりゃく）	名·副·他サ	省略，從略
温い（ぬるい）	形	微溫，不冷不熱，不夠熱
不可能（な）（ふかのう）	形動	不可能的，做不到的
当然（とうぜん）	形動·副	當然，理所當然
隠す（かくす）	他五	藏起來，隱瞞，掩蓋
隠れる（かくれる）	自下一	躲藏，隱藏；隱遁；不為人知，潛在的
できる	自上一	完成；能夠
当てる（あてる）	他下一	碰撞，接觸；命中；猜，預測；貼上，放上；測量；對著，朝向
断る（ことわる）	他五	謝絕；預先通知，事前請示
確かめる（たしかめる）	他下一	查明，確認，弄清
立てる（たてる）	他下一	立起；訂立
残す（のこす）	他五	留下，剩下；存留；遺留；（相撲頂住對方的進攻）開腳站穩
付ける・附ける・着ける（つける）	他下一·接尾	掛上，裝上；穿上，配戴；評定，決定；寫上，記上；定（價），出（價）；養成；分配，派；安裝；注意；抹上，塗上
かもしれない	連語	也許，也未可知
きっと	副	一定，必定；（神色等）嚴厲地，嚴肅地
思わず（おもわず）	副	禁不住，不由得，意想不到地，下意識地
確か（たしか）	副	（過去的事不太記得）大概，也許

練習

Ⅰ [a ～ e]の中から適当な言葉を選んで、(　　)に入れなさい。(必要なら形を変えなさい)

a. 徹底する	b. 立てる	c. 当てる	d. 削除する	e. チェックする

❶ サービスが(　　　　　　)ホテルで、印象に残る最高の体験をしました。

❷ 旅行に行く前には、持ち物リストを作って(　　　　　　)ましょう。

❸ 赤ん坊は何がおかしかったのか、一人で声を(　　　　　　)笑いました。

❹ 何歳に見えますか。(　　　　　　)ください。

Ⅱ [a ～ e]の中から適当な言葉を選んで、(　　)に入れなさい。(必要なら形を変えなさい)

a. 確かめる	b. できる	c. 付ける	d. 隠れる	e. 隠す

❶ 机の中に(　　　　　　)おいた 30 点のテストが、見つかってしまいました。

❷ 私に(　　　　　　)ことなら何でもしますので、遠慮なく言ってください。

❸ 日記を(　　　　　　)ようと思ったことは何度もあるが、長く続いたことはありません。

❹ 祖母は、ドアの鍵を掛けたかどうか(　　　　　　)ために、また家に戻りました。

Ⅲ [a ～ e]の中から適当な言葉を選んで、(　　)に入れなさい。

a. 調査	b. 違い	c. 手段	d. 頼み	e. 賛成

❶ 仕事は生きるための(　　　　　　)で、仕事をするために生きるのではありません。

❷ (　　　　　　) 10 人、反対 3 人ですね。では、この提案通りに進めましょう。

❸「方法」と「手段」の意味の(　　　　　　)を、例文を使って説明してください。

❹「おじさん、一生のお願い。」「わかったよ。可愛い姪の(　　　　　　)じゃ聞かないわけにはいかないからね。」

56 思考（しこう）、言語（げんご）(3)　思考、語言 (3)

Track 56

◆ 理解（りかい）　理解

特徴（とくちょう）	名 特徵，特點
最高（さいこう）	名・形動（高度、位置、程度）最高，至高無上；頂，極，最
最低（さいてい）	名・形動 最低，最差，最壞
大分（だいぶ）	副・形動・名 很，頗，相當，相當地，非常
非常（ひじょう）	名・形動 非常，很，特別；緊急，緊迫
納得（なっとく）	名・他サ 理解，領會；同意，信服
注目（ちゅうもく）	名・他サ・自サ 注目，注視
解決（かいけつ）	名・自他サ 解決，處理
解釈（かいしゃく）	名・他サ 解釋，理解，說明
別（べつ）	名・形動・漢造 分別，區分；分別
別々（べつべつ）	形動 各自，分別
纏（まと）まる	自五 解決，商訂，完成，談妥；湊齊，湊在一起；集中起來，概括起來，有條理
纏（まと）める	他下一 解決，結束；總結，概括；匯集，收集；整理，收拾
理解（りかい）	名・他サ 理解，領會，明白；體諒，諒解
分（わ）かれる	自下一 分裂；分離，分開；區分，劃分；區別
分（わ）ける	他下一 分，分開；區分，劃分；分配，分給；分開，排開，擠開
やはり・やっぱり	副 果然；還是，仍然
それぞれ	副 每個（人），分別，各自
大体（だいたい）	副 大部分；大致；大概
遂（つい）に	副 終於；竟然；直到最後
かなり	副・形動・名 相當，頗
その内（うち）	副・連語 最近，過幾天，不久；其中
その上（うえ）	接續 又，而且，加之，兼之
特（とく）	漢造 特，特別，與眾不同

活用句庫

例 本日の東京の天気は晴れのち曇り、最高気温は 17 度です。
今天東京的天氣是晴時多雲，最高溫是 17 度。

例 薬のおかげで熱も 37 度まで下がって、だいぶ楽になりました。
還好吃了退燒藥，體溫已經降到 37 度，變得舒服多了。

例 ごちそうさまでした。お会計は別々にお願いします。
我們吃飽了，請分開結帳。

練 習

Ⅰ [a ～ e]の中から適当な言葉を選んで、(　　) に入れなさい。(必要なら形を変えなさい)

a. 注目する　b. 解決する　c. 解釈する　d. 納得する　e. 分かれる

❶「いい声ですね。」「うん、あの女性歌手は専門家たちも (　　　　　　) いるらしいですよ。」
❷ インターネットの調子がときどき悪くなるが、(　　　　　　) 方法がわかりません。
❸ ２回目の方は左、初めての方は右に (　　　　　　) 座ってください。
❹ 原因や理由を (　　　　　　) いないと、人間は失敗を繰り返すものです。

Ⅱ [a ～ e]の中から適当な言葉を選んで、(　　) に入れなさい。

a. その上　b. 遂に　c. それぞれ　d. やっぱり　e. 思い切り

❶ 知り合ってから５年、あの二人、(　　　　　　) 結婚したそうですよ。
❷ 雪が降って寒いけど、(　　　　　　) 身体を動かしたら、暖かくなってきました。
❸ 世界の国や地域には (　　　　　　) の歴史と文化があります。
❹ 焼き肉の時は (　　　　　　) ビールが一番合いますね。

Ⅲ [a ～ e]の中から適当な言葉を選んで、(　　) に入れなさい。

a. 非常　b. 理解　c. 最高　d. 特徴　e. 最低

❶ お母さんの顔を描いたんですか。(　　　　　　) がよく出ていますね。
❷ この宿題、今日中に (　　　　　　) でも半分は完成しないと、月曜に間に合いませんよ。
❸ 初めてのホテルに泊まる時は、必ず (　　　　　　) 口を確認することにしています。
❹ このテストは、学生たちの (　　　　　　) 力を調べるために行います。

57 思考、言語（4）

思考、語言（4）

Track 57

◆ 知識（ちしき） 知識

知識（ちしき）	名 知識
出来事（できごと）	名（偶發的）事件，變故
方法（ほうほう）	名 方法，辦法
間違い（まちがい）	名 錯誤，過錯；不確實
内容（ないよう）	名 內容
当たり前（あたりまえ）	名·形動 當然，應然；平常，普通
正確（せいかく）	名·形動 正確，準確
得意（とくい）	名·形動（店家的）主顧；得意，滿意；自滿，得意洋洋；拿手
発見（はっけん）	名·他サ 發現
発明（はつめい）	名·他サ 發明
ミス【miss】	名·自サ 失敗，錯誤，差錯
工夫（くふう）	名·自サ 設法
結果（けっか）	名·自他サ 結果，結局
絶対（ぜったい）	名·副 絕對，無與倫比；堅絕，斷然，一定
観（かん）	名·漢造 觀感，印象，樣子；觀看；觀點
力（りょく）	漢造 力量
的（てき）	接尾·形動（前接名詞）關於，對於；表示狀態或性質
詳しい（くわしい）	形 詳細；精通，熟悉
得る（うる）	他下二 得到；領悟
得る（える）	他下一 得，得到；領悟，理解；能夠
解く（とく）	他五 解開；拆開（衣服）；消除，解除（禁令、條約等）；解答
解ける（とける）	自下一 解開，鬆開（綁著的東西）；消，解消（怒氣等）；解除（職責、契約等）；解開（疑問等）
似せる（にせる）	他下一 模仿，仿效；偽造
深める（ふかめる）	他下一 加深，加強
間違う（まちがう）	他五·自五 做錯，搞錯；錯誤
間違える（まちがえる）	他下一 錯；弄錯
通り（とおり）	接尾 種類；套，組
全く（まったく）	副 完全，全然；實在，簡直；（後接否定）絕對，完全

練習

Ⅰ [a ～ e]の中から適当な言葉を選んで、(　　)に入れなさい。(必要なら形を変えなさい)

a. 得る	b. 工夫する	c. 似せる	d. 間違える	e. 解く

❶ 私の傘はお姉さんの傘と似ているので、雨の日によく(　　　　　　)持って行ってしまいます。

❷ この実験は困難だが、(　　　　　　)ればきっと成功します。

❸「社長と会長が交代するんだって。」「まさか。」「いや、それはあり(　　　　　　)ことだよ。」

❹ 有名なスターに(　　　　　　)、ヘアスタイルをデザインしてもらいました。

Ⅱ [a ～ e]の中から適当な言葉を選んで、(　　)に入れなさい。

a. 間違い	b. 力	c. 結果	d. 内容	e. 出来事

❶ この勝負は、頭より体(　　　　　　)が鍵になりそうですね。

❷ 新製品開発の計画が始まりましたが、詳しい(　　　　　　)は秘密になっています。

❸ 考え方は良くても(　　　　　　)として失敗したのは、リーダーの責任です。

❹ 夕方のニュースでは、１日のいろいろな(　　　　　　)が報道されます。

Ⅲ [a ～ e]の中から適当な言葉を選んで、(　　)に入れなさい。(必要なら形を変えなさい)

a. 解ける	b. 発明する	c. 発見する	d. 深める	e. ミスする

❶ 交流を(　　　　　　)れば(　　　　　　)るほど、相手の気持ちがわからなくなりました。

❷ こんな単純なパスを(　　　　　　)なんて、練習不足に原因があるのではありませんか。

❸ こんな簡単な問題も(　　　　　　)なら、合格は難しいですね。

❹ 太陽ではなく地球が回っていることを初めて(　　　　　　)のは誰ですか。

58 思考、言語(5) 思考、語言(5)

Track 58

◆ 言語 語言

句	名 字，字句；俳句
語学	名 外語的學習，外語，外語課
国語	名 一國的語言；本國語言；(學校的)國語(課)，語文(課)
氏名	名 姓與名，姓名
随筆	名 隨筆，小品文，散文，雜文
同	名 同樣，同等；(和上面的)相同
標語	名 標語
符号	名 符號，記號；(數)符號
文体	名 (某時代特有的)文體；(某作家特有的)風格
読み	名 唸，讀；訓讀；判斷，盤算
ローマ字【Roma じ】	名 羅馬字
行	名·漢造 (字的)行；(佛)修行；行書
偏	名·漢造 漢字的(左)偏旁；偏，偏頗
名	名·接頭 知名…
不	接頭·漢造 不；壞；醜；笨
訳す	他五 翻譯；解釋

活用句庫

例 語学は暗記ではなく、その国の文化を学ぶことです。	學語言靠的不是背誦，而是學習該國的文化。
例 日本の漢字には音読み、訓読みがあって、覚えるのが大変です。	日本的漢字有音讀和訓讀，很不容易背誦。
例 前年より増えた場合はプラス、減った場合はマイナスの符号をつけます。	如果數目比去年多就寫加號，若是減少就寫減號。

練　習

Ⅰ [a～e]の中から適当な言葉を選んで、(　　)に入れなさい。

a. 随筆	b. 語学	c. 文体	d. 標語	e. 国語

❶ こちらはお客さんに見せるレポートですので、もっと丁寧な(　　　　　　)で書いてください。

❷ 学校で(　　　　　　)の宿題が出たので、野球の部活動について書きました。

❸ (　　　　　　)が苦手で、海外出張の際にはいつも苦労しています。

❹ (　　　　　　)ポスターばかり作っても、交通事故は減りません。

Ⅱ [a～e]の中から適当な言葉を選んで、(　　)に入れなさい。

a. 読み	b. 知識	c. 符号	d. 氏名	e. ローマ字

❶ 自分の(　　　　　　)を書き間違えると、入学試験では不合格になります。

❷ 名前は、片仮名と(　　　　　　)、両方の記入をお願いします。

❸ 天気図にはいろいろな(　　　　　　)が使われていて、まずこれを理解しないと予報はできません。

❹ (　　　　　　)が同じでも、違う漢字がたくさんありますから、意味も同時に覚えましょう。

Ⅲ [a～e]の中から適当な言葉を選んで、(　　)に入れなさい。

a. 同	b. 名	c. 行	d. 偏	e. 不

❶ 電気代の(　　　　　　)払いが続くと、電気が止められます。

❷ (　　　　　　)食していると、スポーツ選手になれませんよ。

❸ 先生に「内容を本当に理解するには(　　　　　　)間を読め。」と言われました。

❹ (　　　　　　)人と呼ばれるまでに、あの職人さんは大変な苦労をしたそうです。

59 思考、言語(6)
思考、語言(6)

Track 59

◆ 表現(1)　表達(1)

敬語	名 敬語
合図	名·自サ 信號，暗號
アドバイス【advice】	名·他サ 勸告，提意見；建議
噂	名·自サ 議論，閒談；傳說，風聲
お喋り	名·自サ·形動 閒談，聊天；愛說話的人，健談的人
表す	他五 表現出，表達；象徵，代表
表れる	自下一 出現，出來；表現，顯出
現れる	自下一 出現，呈現，顯露
御	接頭 表示敬意
実は	副 說真的，老實說，事實是，說實在的
あれっ・あれ	感 哎呀
いえ	感 不，不是
いや	感 不；沒什麼
おい	感（主要是男性對同輩或晚輩使用）打招呼的喂，唉；（表示輕微的驚訝）呀！啊！
行ってきます	寒暄 我出門了
お帰り	寒暄（你）回來了
お帰りなさい	寒暄 回來了
お元気ですか	寒暄 你好嗎？
おめでとう	寒暄 恭喜
お休み	寒暄 休息；晚安
お休みなさい	寒暄 晚安
ごめんください	連語（道歉、叩門時）對不起，有人在嗎？
おかけください	敬 請坐
ご遠慮なく	敬 請不用客氣
お構いなく	敬 不管，不在乎，不介意
お先に	敬 先離開了，先告辭了
お邪魔します	敬 打擾了
お世話になりました	敬 受您照顧了
お待ちください	敬 請等一下
お待ちどおさま	敬 久等了

練習

Ⅰ [a ～ e]の中から適当な言葉を選んで、(　　)に入れなさい。

a. アドバイス	b. 噂	c. 合図	d. お喋り	e. 敬語

❶ あなたの多くの経験から、一人旅について何か(　　　　　　)をいただけませんか。

❷ 会社の経営に関して、不正があると社員の間で(　　　　　　)になっています。

❸ (　　　　　　)をしたら二人で見つめ合ってください。きっといい結婚写真が撮れますよ。

❹ 日本の会社で働くには、(　　　　　　)の使い方に注意しなければなりません。

Ⅱ [a ～ e]の中から適当な言葉を選んで、(　　)に入れなさい。(必要なら形を変えなさい)

a. おめでとう	b. お邪魔します	c. お世話になる
d. お待ちください	e. お構いなく	

❶ 誕生日(　　　　　　)と言ったら、40を過ぎたらもうめでたくないよと怒られました。

❷「もうすぐお昼ですね。昼ご飯を一緒にいかが。」「どうぞ(　　　　　　)、もう失礼します。」

❸ 学生の時に(　　　　　　)先輩に、クリスマスカードを送ります。

❹ お忙しいところ突然(　　　　　　)申し訳ありません。

Ⅲ [a ～ e]の中から適当な言葉を選んで、(　　)に入れなさい。

a. お元気ですか	b. お帰り	c. お先に	d. ご遠慮なく	e. 行ってきます

❶ レジが混み合っていますね。お年寄りの方は(　　　　　　)どうぞ。

❷ お父さん、(　　　　　　)なさい。毎晩残業で大変ね。

❸ いつでもお手伝いします。(　　　　　　)おっしゃってください。

❹ 先生、(　　　　　　)。私は今、アメリカにいます。

60 思考(しこう)、言語(げんご)(7) 思考、語言(7)

◆ 表現(ひょうげん)(2) 表達(2)

メッセージ【message】	名 電報，消息，口信；致詞，祝詞；(美國總統)咨文
冗談(じょうだん)	名 戲言，笑話，詼諧，玩笑
伝言(でんごん)	名·自他サ 傳話，口信；帶口信
評論(ひょうろん)	名·他サ 評論，批評
報告(ほうこく)	名·他サ 報告，匯報，告知
論(ろん)	名·漢造·接尾 論，議論
是非(ぜひ)	名·副 務必；好與壞
つまり	名·副 阻塞，困窘；到頭，盡頭；總之，說到底；也就是說，即…
伝(つた)える	他下一 傳達，轉告；傳導
真似(まね)る	他下一 模效，仿效
論(ろん)じる・論(ろん)ずる	他上一 論，論述，闡述
どんなに	副 怎樣，多麼，如何；無論如何…也
別(べつ)に	副 (後接否定)不特別
まるで	副 (後接否定)簡直，全部，完全；好像，宛如，恰如
ただいま	名·副 (招呼語)我回來了；現在，馬上，剛才
失礼(しつれい)します	感 (道歉)對不起；(先行離開)先走一步；(進門)不好意思打擾了；(職場用語 - 掛電話時)不好意思先掛了；(入座)謝謝
よいしょ	感 (搬重物等吆喝聲)嘿咻
バイバイ【bye-bye】	寒暄 再見，拜拜
即(すなわ)ち	接續 即，換言之；即是，正是；則，彼時；乃，於是
すまない	連語 對不起，抱歉；(做寒暄語)對不起
済(す)みません	連語 抱歉，不好意思
そこで	接續 因此，所以；(轉換話題時)那麼，下面，於是
それで	接續 因此；後來
それとも	接續 或著，還是
で	接續 那麼；(表示原因)所以
何故(なぜ)なら(ば)	接續 因為，原因是
何(なに)か	連語·副 什麼；總覺得

練習

Ⅰ [a ～ e]の中から適当な言葉を選んで、(　　)に入れなさい。

a. 報告	b. メッセージ	c. 冗談	d. 評論	e. 伝言

❶ 論文を書くためにドイツ語の(　　　　　　)書をもらったけど、あとで翻訳するのが大変です。

❷ 子どもの頃よく列の先頭から次の人に言葉を伝える(　　　　　　)ゲームをして遊びました。

❸ 私のおじさんは(　　　　　　)ばかり言って、人を笑わせています。

❹ これから景気はどうなるんでしょうね。(　　　　　　)家の意見はあまり信用できませんよ。

Ⅱ [a ～ e]の中から適当な言葉を選んで、(　　)に入れなさい。

a. それとも	b. なぜなら	c. それで	d. 思わず	e. すなわち

❶ 途中高速道路で事故にあって、(　　　　　　)約束の時間に遅れてしまいました。

❷ 私は１時間歩いて小学校に通っていました。(　　　　　　)その頃この道はバスも通っていなかったからです。

❸ 次の目的地までちょっと遠いですね。電車にしますか、(　　　　　　)タクシーにしますか。

❹ 結婚されたことがないとは、(　　　　　　)ずっと独身だったということですね。

Ⅲ [a ～ e]の中から適当な言葉を選んで、(　　)に入れなさい。

a. かなり	b. まるで	c. どんなに	d. 別に	e. ぜひ

❶ 「こちらのお部屋は西向きになるんですけど。」「部屋の向きは(　　　　　　)気にしていません。」

❷ 外はすごい風ですね。(　　　　　　)台風が来たみたいですね。

❸ (　　　　　　)薦められても、このマンションを買う気にはなりません。

❹ 近くへ来られることがあったら、(　　　　　　)我が家にお立ち寄りください。

61 思考、言語(8)

思考、語言(8)

Track 61

◆ 文書、出版物　文章文書、出版物

エッセー・エッセイ【essay】	名 小品文，隨筆；(隨筆式的)短論文
小説（しょうせつ）	名 小說
書物（しょもつ）	名 (文)書，書籍，圖書
書類（しょるい）	名 文書，公文，文件
タイトル【title】	名 (文章的)題目，(著述的)標題；稱號，職稱
題名（だいめい）	名 (圖書、詩文、戲劇、電影等的)標題，題名
データ【data】	名 論據，論證的事實；材料，資料；數據
テーマ【theme】	名 (作品的)中心思想，主題；(論文、演說的)題目，課題
図書（としょ）	名 圖書
パンフレット【pamphlet】	名 小冊子
びら	名 (宣傳、廣告用的)傳單
集（しゅう）	名·漢造 (詩歌等的)集；聚集
状（じょう）	名·漢造 (文)書面，信件；情形，狀況
巻（かん）	名·漢造 卷，書冊；(書畫的)手卷；卷曲
号（ごう）	名·漢造 (雜誌刊物等)期號；(學者等)別名
編（へん）	名·漢造 編，編輯；(詩的)卷
題（だい）	名·自サ·漢造 題目，標題；問題；題辭
紙（し）	漢造 報紙的簡稱；紙；文件，刊物
刊（かん）	漢造 刊，出版
帳（ちょう）	漢造 帳幕；帳本
捲る（めくる）	他五 翻，翻開；揭開，掀開

練習

Ⅰ [a ～ e]の中から適当な言葉を選んで、(　　)に入れなさい。

a. エッセー	b. データ	c. パンフレット	d. 集	e. タイトル

❶ 運転する時いつも好きな歌(　　　　　　　)を聞きながら走ります。

❷ 日頃思っていることをちょっと書いたら、(　　　　　　　)コンクールで入賞してしまいました。

❸ こんなに(　　　　　　　)集めてどうしたんですか。新車でも買うつもりですか。

❹ 去年大阪で一緒に見た映画は何だったっけ。(　　　　　　　)を忘れてしまいました。

Ⅱ [a ～ e]の中から適当な言葉を選んで、(　　)に入れなさい。

a. 図書	b. テーマ	c. ビラ	d. 書類	e. 小説

❶ 入社試験では(　　　　　　　)選考にパスしたら、その後面接があります。

❷「あの人は世界中の(　　　　　　　)パークを巡っているそうですよ。」「へえ、羨ましいなあ。」

❸ 公立の(　　　　　　　)館は、月曜休館の所が多いですね。そのかわり日曜は開いています。

❹ 選挙の時期になると、宣伝の(　　　　　　　)がいっぱいポストに入ります。

Ⅲ [a ～ e]の中から適当な言葉を選んで、(　　)に入れなさい。

a. 編	b. 紙	c. 題	d. 帳	e. 号

❶「今日は何の集まりですか。」「俳句の会です。」「お(　　　　　　　)は何ですか。」

❷ 明日はのぞみ 23 (　　　　　　　)の博多行きに乗る予定で、指定席券も買ってあります。

❸ 日曜夜のテレビドラマがとうとう終わったけど、続(　　　　　　　)が作られるみたいですよ。

❹ ペットボトルはリサイクルの箱、新聞(　　　　　　　)は燃えるごみの箱に入れてください。

解答　練習題 1 ～ 16

第 1 回

Ⅰ ① c ② b ③ a ④ e

Ⅱ ① e- 明けた ② a- 移った ③ c- 更ける ④ d- 経る

Ⅲ ① a ② d ③ b ④ c

第 2 回

Ⅰ ① c ② d ③ e ④ b

Ⅱ ① c ② e ③ b ④ d

Ⅲ ① a ② c ③ b ④ e

第 3 回

Ⅰ ① b ② e ③ c ④ a

Ⅱ ① b ② c ③ e ④ a

Ⅲ ① e ② d ③ c ④ b

第 4 回

Ⅰ ① c ② b ③ d ④ a

Ⅱ ① c- 移し ② b- 暮らして ③ a- 過ごした ④ e- 閉じて

Ⅲ ① a ② d ③ c ④ b

第 5 回

Ⅰ ① c ② a ③ b ④ d

Ⅱ ① b- 暖まり ② e- 効いて ③ c- 詰まって ④ a- 弱まる

Ⅲ ① d ② e ③ a ④ c

第 6 回

Ⅰ ① d- 下げて ② a- 冷めて ③ c- 温め ④ b- 冷やして

Ⅱ ① c- 揚げた ② a- 溢して ③ b- 炊く ④ e- 炊けた

Ⅲ ① c- 剥かない ② d- 茹でた ③ a- 蒸して ④ b- 沸いた

第 7 回

Ⅰ ① a ② d ③ c ④ e

Ⅱ ① d ② e ③ c ④ a

Ⅲ ① b ② e ③ c ④ d

第 8 回

Ⅰ ① d ② a ③ e ④ c

Ⅱ ① d ② b ③ e ④ c

Ⅲ ① a ② e ③ c ④ d

第 9 回

Ⅰ ① c ② e ③ a ④ d

Ⅱ ① d ② e ③ c ④ a

Ⅲ ① b- 揉んで ② c- 黙った ③ d- 見かける ④ a- 掛けて

第 10 回

Ⅰ ① a ② e ③ b ④ d

Ⅱ ① c ② b ③ d ④ e

Ⅲ ① d- 伸ばし ② b- 鳴らす ③ e- 濡らす ④ c- 外して

第 11 回

Ⅰ ① d ② e ③ c ④ b

Ⅱ ① b ② e ③ c ④ d

Ⅲ ① d- 生やす ② b- 誘って ③ a- 含まれて、含んで ④ c- 起きて

第 12 回

Ⅰ ① c ② e ③ a ④ b

Ⅱ ① c- 渇く ② b- 抜けて ③ e- 眠る ④ d- 冷まして

Ⅲ ① e- 痛める ② c- 巻いて ③ b- 覚めて ④ d- 診て

第 13 回

Ⅰ ① a ② d ③ e ④ b

Ⅱ ① d ② c ③ a ④ b

Ⅲ ① c ② e ③ b ④ d

第 14 回

Ⅰ ① a ② d ③ b ④ e

Ⅱ ① b ② c ③ e ④ d

Ⅲ ① a ② e ③ c ④ d

第 15 回

Ⅰ ① c ② e ③ d ④ a

Ⅱ ① e- 大人しい ② b- 乱暴 ③ c- 苦手 ④ d- 硬く

Ⅲ ① e ② d ③ a ④ b

第 16 回

Ⅰ ① a ② d ③ b ④ c

Ⅱ ① b ② d ③ c ④ e

Ⅲ ① c- 助けた ② e- 話し合う ③ a- 擦れ違う ④ d- 付き合う

解答　練習題 17 ～ 32

第 17 回

Ⅰ ① a ② d ③ e ④ b

Ⅱ ① e- 飼う ② d- 開く ③ b- 生えて ④ c- 産んだ

Ⅲ ① c ② e ③ d ④ a

第 18 回

Ⅰ ① d ② a ③ b ④ c

Ⅱ ① a ② e ③ d ④ c

Ⅲ ① e ② d ③ c ④ a

第 19 回

Ⅰ ① c ② e ③ d ④ a

Ⅱ ① d- 破れて ② b- 積も ③ e- 流されて ④ a- 張られて

Ⅲ ① a- 絶えず ② c- 乾いた ③ e- 散って ④ d- 深まる

第 20 回

Ⅰ ① a ② b ③ e ④ c

Ⅱ ① e ② a ③ d ④ c

Ⅲ ① a ② e ③ b ④ d

第 21 回

Ⅰ ① d ② e ③ b ④ a

Ⅱ ① b ② a ③ e ④ d

Ⅲ ① c ② b ③ a ④ d

第 22 回

Ⅰ ① e ② a ③ c ④ b

Ⅱ ① a ② e ③ d ④ c

Ⅲ ① d ② b ③ e ④ a

第 23 回

Ⅰ ① b ② a ③ d ④ c

Ⅱ ① e ② a ③ c ④ d

Ⅲ ① b- 注文して ② e- 訪問して ③ d- 商売して ④ c- オープンする

第 24 回

Ⅰ ① c ② a ③ b ④ d

Ⅱ ① e- 高める ② c- 経由して ③ b- 渋滞して ④ d- 乗せて

Ⅲ ① c ② d ③ a ④ e

第 25 回

Ⅰ ① b ② e ③ c ④ d

Ⅱ ① a ② d ③ c ④ e

Ⅲ ① d- ぶつけて ② a- レンタルして ③ c- 積んで ④ e- 間に合う

第 26 回

Ⅰ ① c ② b ③ a ④ d

Ⅱ ① d ② e ③ c ④ a

Ⅲ ① a ② d ③ e ④ c

第 27 回

Ⅰ ① d ② e ③ c ④ b

Ⅱ ① e ② a ③ b ④ d

Ⅲ ① b ② a ③ d ④ c

第 28 回

Ⅰ ① b ② c ③ a ④ e

Ⅱ ① a ② c ③ b ④ e

Ⅲ ① e ② d ③ c ④ b

第 29 回

Ⅰ ① d ② b ③ e ④ a

Ⅱ ① c ② d ③ e ④ a

Ⅲ ① b ② d ③ c ④ a

第 30 回

Ⅰ ① e ② a ③ d ④ c

Ⅱ ① b ② e ③ d ④ c

Ⅲ ① e ② c ③ b ④ a

第 31 回

Ⅰ ① b ② e ③ d ④ c

Ⅱ ① a- 切らして ② d- 重ねて ③ e- アップし ④ c- 揃った

Ⅲ ① c ② e ③ b ④ d

第 32 回

Ⅰ ① d ② b ③ c ④ a

Ⅱ ① c ② e ③ a ④ b

Ⅲ ① a- 付いて ② d- 含めて ③ e- 増やして ④ b- 減らさない

解答 練習題 33 ～ 48

第 33 回

Ⅰ ① b ② d ③ e ④ a

Ⅱ ① a ② d ③ b ④ c

Ⅲ ① c- 真っ黒 ② e- 真っ青な ③ a- 真っ白 ④ d- 地味

第 34 回

Ⅰ ① d ② a ③ e ④ b

Ⅱ ① c ② e ③ a ④ d

Ⅲ ① a ② d ③ e ④ c

第 35 回

Ⅰ ① c ② b ③ a ④ e

Ⅱ ① e ② d ③ c ④ b

Ⅲ ① a- 落第して ② e- 届ける ③ c- 欠席し ④ d- 写す

第 36 回

Ⅰ ① a ② d ③ e ④ b

Ⅱ ① c ② e ③ a ④ d

Ⅲ ① c ② b ③ e ④ d

第 37 回

Ⅰ ① e ② d ③ a ④ b

Ⅱ ① b ② a ③ c ④ e

Ⅲ ① a ② b ③ e ④ d

第 38 回

Ⅰ ① c ② d ③ a ④ e

Ⅱ ① c ② a ③ b ④ d

Ⅲ ① c ② e ③ a ④ d

第 39 回

Ⅰ ① a ② c ③ b ④ d

Ⅱ ① d ② e ③ c ④ a

Ⅲ ① d ② e ③ c ④ a

第 40 回

Ⅰ ① a ② d ③ c ④ e

Ⅱ ① b ② a ③ e ④ d

Ⅲ ① d- 辞めない ② e- 変更する ③ c- 済ませ ④ a- 役立つ

第 41 回

Ⅰ ① e ② d ③ c ④ b

Ⅱ ① e ② b ③ d ④ c

Ⅲ ① c ② e ③ a ④ d

第 42 回

Ⅰ ① e ② d ③ c ④ b

Ⅱ ① b ② d ③ c ④ a

Ⅲ ① d ② b ③ c ④ e

第 43 回

Ⅰ ① a- 建てた ② e- 生産する ③ c- 交ざって ④ d- 工事して

Ⅱ ① c ② b ③ d ④ a

Ⅲ ① b- 進歩して ② a- 混ざって ③ e- 建って ④ d- 完成する

第 44 回

Ⅰ ① c ② b ③ a ④ e

Ⅱ ① d ② e ③ c ④ a

Ⅲ ① e- 割り込んで ② b- 清算して ③ c- 替え ④ d- 下がる

第 45 回

Ⅰ ① e ② a ③ c ④ d

Ⅱ ① c ② b ③ a ④ e

Ⅲ ① a- 奢って ② c- 貯金する ③ e- 納めて ④ d- 預けて

第 46 回

Ⅰ ① a ② e ③ b ④ c

Ⅱ ① c ② b ③ e ④ d

Ⅲ ① c ② b ③ e ④ d

第 47 回

Ⅰ ① a ② e ③ c ④ b

Ⅱ ① b ② a ③ d ④ c

Ⅲ ① e ② c ③ b ④ d

第 48 回

Ⅰ ① d ② c ③ e ④ a

Ⅱ ① b ② a ③ e ④ d

Ⅲ ① a- 捕まる ② d- 起こった ③ b- 証明する ④ c- 殺す

解答　練習題 49 ～ 61

第 49 回

Ⅰ ① d- 感じる ② b- 飽きる ③ c- 感心する ④ e- 生んだ

Ⅱ ① c- 緊張して ② e- 思いやる ③ b- 感動した ④ d- 構わない

Ⅲ ① e ② b ③ c ④ a

第 50 回

Ⅰ ① b- 退屈な ② e- 無駄 ③ c- 素朴な ④ a- 平気

Ⅱ ① d- 豊か ② a- 楽 ③ b- もったいない ④ c- 不自由な

Ⅲ ① c- 満足して ② a- ほっとして ③ e- のんびりし ④ d- 尊敬して

第 51 回

Ⅰ ① b- 強調する ② e- 挑戦する ③ c- 我慢し ④ d- 自慢する

Ⅱ ① d- 騙して ② a- 直して ③ e- 刺して ④ b- 与えます

Ⅲ ① e ② b ③ c ④ a

第 52 回

Ⅰ ① d ② c ③ b ④ e

Ⅱ ① c- 高まって ② b- 叫んだ ③ d- 熱中する ④ a- 流行し

Ⅲ ① d ② b ③ a ④ e

第 53 回

Ⅰ ① d ② a ③ c ④ e

Ⅱ ① a ② e ③ c ④ b

Ⅲ ① b- 助かる ② d- 許して ③ a- 溜まった ④ c- 後悔する

第 54 回

Ⅰ ① b ② a ③ c ④ e

Ⅱ ① b ② e ③ a ④ d

Ⅲ ① d- 提案して ② e- 望む ③ c- 迷った ④ b- 思いついた

第 55 回

Ⅰ ① a- 徹底した ② e- チェックし ③ b- 立てて ④ c- 当てて

Ⅱ ① e- 隠して ② b- できる ③ c- 付け ④ a- 確かめる

Ⅲ ① c ② e ③ b ④ d

第 56 回

Ⅰ ① a- 注目して ② b- 解決する ③ e- 分かれて ④ d- 納得して

Ⅱ ① b ② e ③ c ④ d

Ⅲ ① d ② e ③ a ④ b

第 57 回

Ⅰ ① d- 間違えて ② b- 工夫す ③ a- 得る ④ c- 似せて

Ⅱ ① b ② d ③ c ④ e

Ⅲ ① d- 深め ② e- ミスする ③ a- 解けない ④ c- 発見した

第 58 回

Ⅰ ① c ② a ③ b ④ d

Ⅱ ① d ② e ③ c ④ a

Ⅲ ① e ② d ③ c ④ b

第 59 回

Ⅰ ① a ② b ③ c ④ e

Ⅱ ① a- おめでとう ② e- お構いなく ③ c- お世話になった ④ b- お邪魔して

Ⅲ ① c ② b ③ d ④ a

第 60 回

Ⅰ ① a ② e ③ c ④ d

Ⅱ ① c ② b ③ a ④ e

Ⅲ ① d ② b ③ c ④ e

第 61 回

Ⅰ ① d ② a ③ c ④ e

Ⅱ ① d ② b ③ a ④ c

Ⅲ ① c ② e ③ a ④ b

あ

い

う

え

お

か

さ

し

す

せ

そ

た

ち

つ

て

と

な

に

ぬ

ね

の

は

へ

ほ

ま

み

む

め

も

や

ゆ

よ

ら

日檢滿點
03

絕對合格！日檢分類單字N3測驗問題集

（16K+MP3）

發行人	林德勝
著者	吉松由美・田中陽子・西村惠子・千田晴夫・山田社日檢題庫小組
出版發行	山田社文化事業有限公司 地址　臺北市大安區安和路一段112巷17號7樓 電話　02-2755-7622　02-2755-7628 傳真　02-2700-1887
郵政劃撥	19867160號　大原文化事業有限公司
總經銷	聯合發行股份有限公司 地址　新北市新店區寶橋路235巷6弄6號2樓 電話　02-2917-8022 傳真　02-2915-6275
印刷	上鎰數位科技印刷有限公司
法律顧問	林長振法律事務所　林長振律師
定價+MP3	新台幣349元
初版	2021年8月

ISBN：978-986-246-621-6